ディーラーズ チョイス
Dealer's Choice

パトリック・マーバー作
上田　修/道行千枝/岩井眞實 訳

海鳥社

装幀・扉　清川直人

登場人物

マグズィ　ウエイター、三十代。
スウィーニー　シェフ、三十代。
スティーブン　レストランのオーナー、四十代後半。
フランキー　ウエイター、三十代。
カール　スティーブンの息子、二十代。
アッシュ　ポーカーのプロ、五十代前半。

場所

イギリス、ロンドン。

時間

一九九六年のある日曜日の夜から月曜日の朝にかけて。

設定

第一幕・第二幕は、厨房と食堂。
第三幕は、同じ建物の地下室。

ポーカールール概説

『ディーラーズ・チョイス』では、ポーカーを通して人物描写がなされている場面が多い。せりふの構成が絶妙なので、ゲームのルールを理解していなくても、劇の内容理解にはほとんど支障はない。観劇者は、どの登場人物が勝ったかまたは負けたか、といった大まかな理解ができればよい。しかしながら、ルールを理解していれば、ゲームの緊迫感の度合いなどを身近に感じることができることも事実である。ここにポーカー一般の概説と、劇中頻繁に出てくる用語その他について、要約しておくこととする。

日本で一般的に知られる「ポーカー」のやり方は、数人のプレーヤーに同じカード（通常は五枚）を配り、各プレーヤーがその枚数内で数字やマーク（スーツ）の組み合わせで最強のものを作る、というものであろう。組み合わせは、弱いものから順に、**no pair**（組み合わせがないもの）、**one pair**（同じ数のペアがひとつ揃う。例・３３４４５）、**two pairs**（同じ数のペアが二つ揃う。例・２２３４５）、**three of a kind**（同じ数が三つ揃う。例・４４４８Ｊ）、**straight**（連続した数が揃う。例・５６７８９）、**flush**（同じスーツのカードが揃う。例・♥♥♥♥♥）、**full house**（**one pair** と **three of a kind** からなるもの。例・２２３３３）、**four of a kind**（同じ数が四枚揃う。例・９９９９Ｋ）、**straight flush**（同じスーツで連続した数が揃う。例・２♥３♥４♥５♥６♥）、**royal flush**（10～

Aからなるstraight flush　例・10◆J◆Q◆K◆A◆）となる。このやり方では、プレーヤー同士が共有するカード（コミュニティカード）といったものがない。このように、各プレーヤーが同じ枚数のカードを使い、共通カードを使わないポーカーを「スタッド・ポーカー」と呼ぶ。

しかしながら、欧米の賭博場で行われるごく一般的なポーカーでは、共通カードが使われる。例えば、「テキサスホールデム」（または単に「ホールデム」）というゲームでは、各プレーヤーには二枚のカードが配られ、五枚の共通カードがテーブルに配られる。プレーヤーはこれら七枚のうち五枚を使って最強の組み合わせを考えることになる。また、「オマハ」では、最初に四枚配られ、共通カードは五枚である。ただし、組み合わせを作る場合、手持ちの四枚のうち二枚を必ず使わなければならない。

五枚の共通カードは、最初の三枚が「フロップ」、次の一枚が「ターン」、最後の一枚が「リバー」と呼ばれ、この順にめくられてゆく。すなわち、賭けるチャンス（ベット）は計四回まわってくるのが普通である。プレーヤーは、この間に自分の手を考えながら、賭け金を上げたり（レイズ）、レイズされた賭け金と同額を賭けてゲームを継続したり（コール）、賭け金を出さずにゲームを継続したり（チェック）、またはそのゲームから降りたり（フォールド）するのである。

なお、タイトルである『ディーラーズ・チョイス』も、ディーラーがどのゲームにするか選択できる形式のポーカーを意味するポーカー用語である。

第1幕

Act1

夕方。

スティーブンは食堂のテーブルに腰掛けてなにかを描いている。スウィーニーは厨房で料理の仕込みをしている。

厨房。

マグズィが入ってくる。

マグズィ　ちわっす、スウィーン。
スウィーニー　やあ、キョウダイ。
マグズィ　なあ、聞いてくれよ、スウィーン、俺の知ってる奴がさ、宝くじ当てちゃってさあ。
スウィーニー　マジ?
マグズィ　マジマジ。同じ通りに住んでる奴。八〇〇万ポンドだぜ。
スウィーニー　お裾分けはないのか?
マグズィ　ありえねえ、しみったれた野郎だからな。でも、フェラーリなんか買っちゃってよ。老いぼれのかあちゃん乗っけるのが関の山なのにさ。今はガキどもにタイヤ持ってかれて、地面[*]に鎮座ましましてる。

短い間。

マグズィ　俺が八〇〇万持ってたら、なにするかな……

スウィーニー　すっちまうんじゃねえか?

マグズィ　言うねえ。裏か表か。

マグズィはコインをトスする。

スウィーニー　表。

マグズィはキャッチしたコインを見つめる……表。

マグズィ　ちぇっ。

彼はスウィーニーにそのコインを手渡す。

スウィーニー　毎度[**]どうも。

マグズィ　ねえ、スウィーン、これどうかな?

彼は、スウィーニーに自分の締めているネクタイを見せる。

マグズィ　今日買ったんだ、三〇ポンド。

＊　原文は up on bricks

＊＊　「毎度どうも」(Business as usual)は「平常通り営業します」という店の看板によく使われる。

スウィーニー　とてもいいね。
マグズィ　だろ？
スウィーニー　とってもスバラシイ。
マグズィ　本気で言ってねえな？

スウィーニーはラベルを丹念に見る。

スウィーニー　なるほど、レーヨンか。
マグズィ　なに、レーヨンって？
スウィーニー　有り体*に言えば……「まがいもの」ってことさ。
マグズィ　シルクって言ってたけどな。レーヨンってシルク？
スウィーニー　そうとも言える。
マグズィ　ならいいや。スティーブンは来てる？
スウィーニー　食堂**にいる。
マグズィ　話してこなきゃ。なぜか知りたい？
スウィーニー　別に。
マグズィ　いいや、知りたいね、目を見りゃわかる。俺は人の心が読めるんだぜ。これだけ一緒にやっててまだわかんねえの？　あんた***ガイドブックみたいだな。
スウィーニー　なにそれ？
マグズィ　見りゃ****わかるってことだよ。あんた、やるよな、今夜。

* 原文はGreek – for rip-off
Greekは「難解な言葉」。rip-offは「まやかしもの」。

** 原文はNext door

*** 原文はI can read you like the proverbial book. read … like a book（お見通しだ）という表現から。直訳すると「お前の考えていることは例のことわざの本みたいにわかりやすいぞ」。

**** The book of psycho-logical nuance. マグズィはスウィーニーの鈍さにうんざりした様子。スウィーニーからの反応がいまいちなので、前のせりふの話をもう一度まとめて別の話題に変える。

短い間。

スウィーニー　いや、やらない。

マグズィ　おいおい。

スウィーニー　今日は帰る。

マグズィ　はあ？

スウィーニー　今夜はプレイしないって言ってるの。

マグズィ　プレイしないって、どうしちまったのさ？

スウィーニー　それって尋問かよ、いいか、俺は、今夜は、ポーカーをしないって言ってんだよ。

マグズィ　そりゃ困る。あんたがしないとなると四人になっちまう。四人だとスティーブンがやらねえ。そうなるとゲーム自体ができなくなっちまう。

スウィーニー　できないんだ。

マグズィ　下手なのは十分承知。*

スウィーニーはせせら笑う。

マグズィ　なぜできないんだ？

短い間。

＊　スウィーニーの「今夜はできない」（I can't play）をマグズィはわざと「ポーカーが下手だ」の意味で捉えている。

スウィーニー　ルイーズに会うんだ。
マグズィ　かわいこちゃんに会うの？
スウィーニー　ルイーズだって。
マグズィ　ルイーズ？
スウィーニー　俺の子供だよ、このアホ。
マグズィ　かみさんが会わせてくれないんじゃなかったっけ？
スウィーニー　それがさ、明日は特別許可をくれたんで、会えるのさ。
マグズィ　明日は明日だろう。今夜はプレイできるだろ。
スウィーニー　会うのは三カ月ぶりなんだぞ。ちょっとは喜ぶふりでもしてくれたらどうだ？
マグズィ　（からかって）わーい。
スウィーニー　ある日、闇夜にな、耳も聞こえない、口もきけない、目も見えない、そんなばばあがお前の子供を産み落とすとする。アホづらで、鼻水たらした貧相なガキで、まるでミニチュア版マグズィだ。最悪だろ。でもな、そんな子供でも、そのときは、お前も「責任」って言葉の意味がわかる。
マグズィ　ポーカーに対する責任はどうよ？
スウィーニー　ルイーズの方がずっと大切さ。あの子と会うのに目をはらして、くたくたで、酒臭いのはいかん。
マグズィ　じゃ飲まなきゃいい。

スウィーニー　お前のせっかくの夜を台なしにしちまったならすまん、でもな、仕方ないいんだ。ここまで。話は終わりだ。
マグズィ　わかったよ。ひでーなー。

短い間。

マグズィ　ね、ポーカーで勝てばさ、その金でルイーズをどこか小洒落たところへだな……
スウィーニー　マグズィ……
マグズィ　マダムタッソーとか。ほら、あの地下の「恐怖の部屋」とか……*
スウィーニー　マグズィ……
マグズィ　中世の拷問の歴史、ガキはこんなのが好きだよ。
スウィーニー　あいつは、まだ五歳だ！

間。

マグズィ　裏か表か。
スウィーニー　おいおい。
マグズィ　いいから、どっち。

マグズィはコインをトスする。

スウィーニー　裏。

＊　マダムタッソー蠟人形館はロンドンの有名な観光スポット。「恐怖の部屋」（chamber of horrors）は人形館の内部にある。

マグズィはコインを見る。裏である。

マグズィ　ちぇっ。

彼はスウィーニーにコインを手渡す。

マグズィ　カールに会った？
スウィーニー　いいや。
マグズィ　あいつ六時には来るって言ったんだ。そう約束したんだけどな。
スウィーニー　カールの大将がそう言うなら、そうなんじゃないの。
マグズィ　奴なら大丈夫だ。
スウィーニー　ヒモみたいな奴だ。
マグズィ　奴はヒモなんかじゃないさ。
スウィーニー　いくら借してんだ？

短い間。

マグズィ　五〇〇。
スウィーニー　カモのマグズィ*だな。

短い間。

マグズィ　どっちにしろ帳消しにしてやったんだから。

*　原文はMug　マグズィMugsyとカモを意味するmugをかけた。

スウィーニー　なんだって？
マグズィ　公平に行こうぜってんで、貸し借りなしよ……パートナーだかんな。
スウィーニー　なにぐだぐだ言ってるんだ？
マグズィ　教えてあげようか。カールは俺のレストラン経営のパートナーになるってことさ。二人でレストランをオープンするつもり。フランス料理の。イタリアンかも。なんでもいいや。要は、そうなりゃ、この店は商売上がったりってことよ。
スウィーニー　お前がレストランを？
マグズィ　ああ、変かい？
スウィーニー　リストランテ・マグズィって？
マグズィ　お、気のきいたこと言うじゃない。
スウィーニー　カールとレストランを？
マグズィ　スティーブンはカールを溺愛してるだろ。目の中に入れてもってやつ。だから、俺たちがレストランをやるって言えば、金を出すわけさ。で、うまく軌道に乗ったところで……俺たちは奴をポイってわけさ。
スウィーニー　誰を？　スティーブンか？
マグズィ　いや、カールさ。俺たちがポイするのはカールさ。
スウィーニー　パートナーだろう。

マグズィ　それがビジネスってもんだよ。

スウィーニー　スティーブンには話したのか？

マグズィ　まだ。カール待ち。奴がスティーブンの態度を和らげる。で、ものは相談だけどさ、仮にシェフのあんたが興味を示して、物件を見にいってくれたりすると、スティーブンもグッと動かされるんだけどなあ。あんたと商談やってんだよ、スウィーン。あんたも入れてあげるってんだよ。

スウィーニー　俺はここで十分だ。マグズ。

マグズィ　虎穴に入らずんば虎児を得ずだぜ。*

スウィーニー　ああ、そいでもって食われちゃえ。**

マグズィ　独立したくないの？

スウィーニー　お前のところで働いたら独立にならない。

マグズィ　そりゃそうだ。

スウィーニー　ばーか。

間。

スウィーニー　で、その「レストラン」とやらはどこ？

マグズィ　はは、乗ってくると思ったよ。

スウィーニー　会話をしようとしてるだけだ。

マグズィ　透明人間みたいだな。ハラの中が透き通って***見えみえだよ。

＊　原文は Seize the day, grasp the nettle.　grasp the nettle は「イラクサをつかめ」、転じて「敢然と難局に当たれ」。

＊＊　原文は Yeah and get stung「とげに刺されろ」。

＊＊＊　「透き通って」（transparent）をマグズィは「魂胆が見えみえの」の意味で使うが、スウィーニーは「透明な」の意味で捉える。

スウィーニー　透明人間のハラの中は見えない。
マグズィ　見えるよ、透明なんだから。
スウィーニー　透明と透き通るってのは違う。
マグズィ　透明人間は透明だ、そいつの体は透き通ってて、向こうが見えるんだから。
スウィーニー　ラップみたいなものを透き通ってるって言うんだ。
マグズィ　だから？
スウィーニー　透明人間がラップでできてるか？
マグズィ　ラップなんかでできてるもんか。透明人間は……くそー、なんでもいいや。

短い間。

スウィーニー　で、その「レストラン」とやらはどこ？
マグズィ　マイルエンド*。
スウィーニー　マイルエンドにはレストランなんか一軒もないぞ。
マグズィ　おっしゃるとおり。
スウィーニー　マイルエンドを金持って歩く奴なんかいないぞ。あそこは肥溜め**みたいなところだ。
マグズィ　「だった」って言ってよ。今はホットなエリアなんだからさ。
スウィーニー　誰がそんなことを？

＊　ロンドン中心部から北東に約六キロ。旧市街（シティ）の境界から一マイル（約一・六キロ）先を示すマイル標石に由来する地名。
＊＊　「肥溜め」（shithole）は、ここでは「取るに足らない場所」の意味だが、あとでわかるように、実際に「便所」との関係で使われている。

マグズィ　地元の不動産屋。口揃えて言ってるよ。調査はばっちりやったさ。あそこはかなり有望だってんで、有望な奴らがわんさか引っ越してきてるらしい。

スウィーニー　マイルエンドのどこだ？

マグズィ　マイルエンド通り。

スウィーニー　それってほとんど高速道路じゃないか。

マグズィ　車の通る幹線道路。そこがいいんだよ。飛び込みの客でいっぱいってことだからね。

スウィーニー　マイルエンド通りのどのあたり？

短い間。

マグズィ　それは秘密。ビジネスの基本だぜ、スウィーン。まずは金、情報はそれからだ。物件は秘密の場所にある。契約書のインクが乾いたら教えてあげる。

スウィーニー　正気の沙汰とは言えないね。

マグズィ　正気も正気。いいか、要はスティーブンなんだ。あんたが物件を見にいけば、奴の財布の紐も緩む。

スウィーニー　あほくさ。

マグズィ　本当だって。奴はあんたのことを認めてる。

スウィーニー　スティーブンはお前のことも認めてるよ。

マグズィ　スティーブンが？
スウィーニー　そうだよ。
マグズィ　そう思う？
スウィーニー　思うさ。
マグズィ　俺も奴に一目置いてるんだ。
スウィーニー　スティーブンはお前を認めてるよ。
マグズィ　だよな。あんたの言うとおり……じゃあ今から奴にちょいと話してこよう……エサまいてくるか……
スウィーニー　そうだよ。マグズ。それがいい。
マグズィ　見てろ。
スウィーニー　行ってこい。
マグズィ　行ってやる。

彼は蛍光の自転車用裾バンド*をずっとはずし忘れている。

マグズィ　いざ出陣。一財産つくってくるぜ。
スウィーニー　だから行けって。

短い間。

マグズィ　何年目だい、ここ？
スウィーニー　お前と同じだよ。七年。

＊　原文は cycle clip

マグズィ　長いな……七年目か……浮気もしたくなるよね。同じところにそんなに長くいりゃあ。ねえスウィーン、この世の中はね、勝ち組と負け組みに分けられてるんだよ、ヴィジョンを持った奴と、えーっと、なんていうか、目隠しして生きてる奴とね。

スウィーニーは出ていく。

マグズィ　「男子厨房に入るべし」*って言うじゃない。

自分が厨房に一人なのに気づく。

マグズィ　俺がなにを言ってるのかわかるよね。

コインを取り出す。

マグズィ　裏か表か。

スウィーニー　（袖から）表。

マグズィはコインをトスする。

スウィーニー　（袖から）テーブルに置いといて。

マグズィはコインを見る。

マグズィ　くそ。

＊　原文はSome can stand the heat, others stay in the kitchen. マグズィは'If you can't stand the heat, get out of the kitchen.'（文句を言うより他人に任せろ）ということわざを正確に思い出せずにいる。

彼は考え、コインをポケットに入れ、食堂の方へ出ていく。
間。

マグズィ　ちわ、オーナー。
スティーブン　よお、マグズィ。（ネクタイを見て）おいおい、なんだそりゃ？
マグズィ　おニューのネクタイだけど。
スティーブン　悪いが、とってくれ。客がびっくりする。

彼はまた自分の仕事に戻る。

スティーブン　調子はどうだ？
マグズィ　ああ、いい。すごくいいですよ。
スティーブン　そりゃよかった。
マグズィ　カールは来てます？
スティーブン　カール？
マグズィ　息子さんの。
スティーブン　そんなことはわかってる。来てないけど、どうかしたのか？
マグズィ　いいえ、別に。

短い間。

スティーブン　大丈夫か？

マグズィ　ああ、は、はい。大丈夫。

短い間。

マグズィ　そちらは？
スティーブン　え？
マグズィ　いかが？
スティーブン　元気だよ。
マグズィ　そっか、よかったあ。
スティーブン　ああ、俺もそう思う。

短い間。

スティーブン　お前とこうやって駄弁るのは本当に楽しいよ。

短い間。

スティーブン　お前本当に大丈夫か？
マグズィ　ええ。あー、実はひとつ……スウィーニーと話していたんですがね、あいつ、明日子供に会うそうなんです。それで、夜更かししたくないそうで、今夜はプレイできないそうで。
スティーブン　明日は明日だろう。今夜はプレイできるだろ。
マグズィ　こりゃ驚き。たった今、スウィーニーとやった会話とおんなじだ。

全く同じ言葉を、この口からスウィーニーの耳に入れてやりました。
スティーブン　本当か？
マグズィ　驚きですよ。オーナーと俺にはなにか通じるもんでもあるんですかね……なんか……
スティーブン　テレパシー？
マグズィ　いいえ、もっと重い言葉で。
スティーブン　以心伝心？
マグズィ　いいえ、なんかサ行で始まるやつで。
スティーブン　性的相性？
マグズィ　まさか。
スティーブン　心情理解？　相乗作用？　振幅同期？
マグズィ　そいつだ。二人にはそいつがあるんですよ。
スティーブン　俺たちにはそいつがあるのか。
マグズィ　ええ、どっさりと。
スティーブン　よろしい。じゃあな、マグズィ、今夜スウィーニーをなんとかしろよ、トニーがいないからな。
マグズィ　え、どこ行ったんですか？
スティーブン　*ボルトンだ。
マグズィ　ボルトン？　なんでまたあんな辺鄙《へんぴ》なところに？　自殺でもし

＊　イギリス西北部のグレーターマンチェスターに属する都市。

に？

スティーブン　父親の葬式だ。

マグズィ　ああ……なんでお亡くなりになったんですかね？

スティーブン　自殺だ。

マグズィ　ええっ、またなんで？

スティーブン　ボルトンなんかに住んでたからさ。

短い間。

スティーブン　うそだよ。自殺なんかするもんか。心臓麻痺だよ。

マグズィ　心臓麻痺*……まあ、心臓にはしばしば起こりますが……麻痺による……その……

短い間。

マグズィ　死ぬ家系**だったんすかね？

スティーブン　死ぬ家系だったたって……みんなそうだろう。

マグズィ　それでも、人生は終わらない……

スティーブン　哲学的なこと言うじゃないか。お前、教祖様になれるかもな。

マグズィ　ええ、まあ、ええっと……無理ですね。そんな時間ないっすよ。

スティーブン　とにかくな、今夜は人手が足りないんだ。スウィーニーをなんとかしろよ。

＊　マグズィはなにかうんちくをたれようとするが、適当な言葉が浮かばない。

＊＊　原文は Was there much history of death in the family? マグズィはもったいぶった表現をしようとするが、ナンセンスなものになってしまった。

短い間。

マグズィ　オーナー、ちょっと話が……

スティーブン　（描いていたものを見せて）どうだこれ？

マグズィ　いいですよ。とてもいい。*

スティーブン　これなら使えるかな？

マグズィ　なんですそれ？

スティーブン　レストランの新しいロゴだよ。

マグズィ　いいっすねー。で、カールはまだ？

スティーブン　まだだ。カールはまだ来てない。ゲームの始まる夜中にならないと来ないよ。お前、俺になにか話すことでもあるのか……お前とカールのことで？　マグズィ、俺には話せるよな。そうだろ。

マグズィ　ええ、そうですが。

スティーブン　じゃあ、俺に話せよ。さあ、隠し事はなしだぜ……妊娠でもしたのか？

マグズィ　妊娠か、当たり。

スティーブン　じゃ、待たなきゃな。やきもきして待たなきゃ、あーどうしようどうしよう。

マグズィ　ほら、これですよこれ。オーナーと俺は、ツウカアっていうやつで……同じ次元で動いてる……同じ世界っていうか……俺らは同**

＊「とてもいい」（very nice）はスウィーニーがマグズィのネクタイに対して発した言葉と同じ（一〇ページ参照）。

＊＊「同じ仲間」（same level of circles）は第三幕（一六二ページ参照）にも登場するキーワード。

じ仲間なんですよ……そうですよね。

スティーブン　そうだよ。ところでスウィーニーにここへ来るように言ってくれ。

マグズィ　説得しても無駄ですよ、決心は固いから。

スティーブン　やってみないとわからん。

彼はまた絵を描き始める。マグズィはウロウロする。

スティーブン　マグズィ、耳はあるんだろ。

マグズィ　ええ、聞こえました。

スティーブン　お前が行くのはあっちだろう。

マグズィ　オーナー、話があるんですけど……

スティーブン　（腕時計を指して）マグズィ……

マグズィ　はい、行ってきます。

スティーブン　それから、マグズィ……

マグズィ　なんでしょう?

スティーブン　裾バンド。

マグズィ　おお、裾バンドっと。

マグズィは食堂を出て厨房へ入る。

マグズィが厨房に戻ると、スウィーニーが入ってくる。マグズィは違うネクタイをつける。

マグズィ　さすがヴィジョンを持った男。
スウィーニー　話したのか？
マグズィ　言葉は交わした。
スウィーニー　話したのか？
マグズィ　会話は多様な話題におよび、リストランテ大プロジェクト*もそのひとつであった。
スウィーニー　話してないんだな。
マグズィ　うん。あんたを呼んでる。
スウィーニー　俺が今夜プレイしないこと、言ってないよな？
マグズィ　ごめん、無理やり吐かされちゃった。
スウィーニー　うれしいねえ。おかげで大目玉だ。
マグズィ　プレイすりゃあいいじゃないの。

マグズィは新聞を読み始める。

スウィーニー　おいこら、食堂の床、モップかけとけよ。
マグズィ　フランキーの番だよ。あいつおせーな。女と一発やってんな、こりゃ。
スウィーニー　嫉妬か？
マグズィ　まさか。

＊「リストランテ大プロジェクト」の原文は restauranteringで、マグズィの造語。

スウィーニーは笑う。

マグズィ 違うって。あいつ例のブロンドをひっかけたのかな？

スウィーニー よけいなお世話。*（もの欲しげに）でっけえおっぱいだったなあ。ヒンデンブルク**号みたいにパンパンに張っててさ。それが二つも。

マグズィ 成長しろ、マグズィ。モップ。

スウィーニー フランキーの番だってば。奴に言ってくれよ。それとも彼氏にはそんなこと言えないって？

マグズィ 処置なしだな、お前は……

スウィーニー いいかい、あんたのかみさんが出ていくだろ……

マグズィ 出ていったんじゃない。お互いに話し合って……

スウィーニー はいはい、あんたのかみさんが話し合いの結果出ていった、するとフランキーが転がり込む、すると噂が広がって***……

マグズィ 噂を広げたら舌をちょん切るぞ、マグズィ、頼むからモップかけてくれ。

フランキーが入ってくる。

フランキー ちわ、みんな。

マグズィ・スウィーニー やあ、キョウダイ。

* 原文は Never you mind. スウィーニー、マグズィ、フランキーの間での口癖か。

** ヒンデンブルク号はドイツの旅客飛行船。

*** 原文は ongues will wag それを受けてスウィーニーが「舌を切ってやるぞ」と言う。

フランキー　ジンギスカンはいずこ?
スウィーニー　食堂だよ。普通はまず、そこって思うだろうが。
マグズィ　聞いてくれよ、フランキー、スウィーンが今夜はだめなんだってさ。
フランキー　……
フランキー　四人じゃないだろ、俺に、お前に、スティーブンに、カールに
マグズィ　スウィーンがだめなら四人になって、ゲームできないぜ。
フランキー　そっか。そりゃしょうがない。
マグズィ　それから?
フランキー　トニー。
マグズィ　(勝ち誇ったように) トニーは親父の葬式に行ってらあ。
フランキー　くそ。
マグズィ　な、くっそー、てな。
スウィーニー　お前たち、ものごとはポジティブに見なよ。もう一週間大損せずにすむんだぞ。
マグズィ　大損なんて長いことやってないさ……
フランキー　あれ以来だよな……ええと……
マグズィ　言うなって……
スウィーニー　ええっと……
フランキー　ええっと……

マグズィ　言うなって……

スウィーニー　例のあの……

マグズィ　言うなって……

フランキー　「口に出して言えない勝負」。

マグズィ　おい。

短い間。

マグズィ　で……

フランキー　なに？

マグズィ　やったのか？

フランキー　いつ？

マグズィ　夕べ。

フランキー　誰と？

マグズィ　十番テーブルのブロンドねえちゃんだよ。

フランキー　よけいなお世話。

マグズィ　いいじゃんかよ、おい、ストライク出したのか？　ストレート揃えたのかよ。切り札使ったのか？

フランキー　残念ながらノーだ、マグズィ……でも、やったよ。

マグズィ　うえー、ヘドが出るぜ。お前、発情期*かよ。

フランキー　発情期って、普通メス犬に使うだろ。

＊　原文は a dog on heat　heat は「さかり」と「性的な興奮」の両方を指す。通常、雌の動物に使う。

マグズィ　テスト受けた方がいいよ、お前。
フランキー　自転車検定は受かったよ。
スウィーニー　診察だよ、バカ。
マグズィ　お前な、ＨＩＶに感染してるってなったら、笑ってらんないぞ。今までやってきたことのツケがたまって、身体中ブツブツができて、歩く注射器みたいになってさ……
スウィーニー　食い物の前でそんなこと言うなマグズ。
マグズィ　お前のチンポコに刺されると死ぬぞ。
フランキー　なあ、こんな格言知ってるか、マグズ。「死ぬときゃ、誰かを道づれにしていいよ」ってやつ。

フランキーはマグズィの頭をテーブルの上に押さえつけて、アナルセックスをするふりをする。マグズィは叫び声をあげる。

スウィーニー　やれよ、カモのマグ、お前、それが欲しいんだろ。

フランキーはマグズィを放してやる。

マグズィ　本気で言ってんだぞ。責任持てよ。使ったあとの便座は拭いてもらいたいぜ。
スウィーニー　フランキー、ご高名なカモのマグ様から例の「ドリームランド」のこと聞いたか？

マグズィ　「ドリームランド」って？
スウィーニー　マイルエンドのさ。
フランキー　なにそれ？
マグズィ　よけいなお世話。
スウィーニー　マグズィがレストラン経営に足を突っ込むんだとさ。
フランキー　ええ、本当か？　仕事まわしてくんない？
マグズィ　ふざけてんだろ。
フランキー　かもね。
スウィーニー　マグズ、場所教えてやれよ。
マグズィ　マイルエンド通り。
フランキー　いいじゃない、賑やかで。
マグズィ　そうだろ。ありがとよ。
フランキー　近所は柄の悪いのでいっぱいだし、環境はバッチリだ。
マグズィ　刺されるときはどこにいたって刺されるさ。
スウィーニー　マイルエンドのどこかってのが問題だな。
マグズィ　よけいなお世話。
スウィーニー　な、フランキー、ここがさっぱりわからん。マグズィの料理王国計画がどこで進められるのかってことは、誰も教えてもらえないんだから。
フランキー　てことは、俺たち知らないまま？

スウィーニー　そうさ、お前は知らないまま墓に入るのさ。
フランキー・スウィーニー　（泣きながら）どうして教えてくれないの？　お願い、マグズィ、どこなのか教えてよ。
マグズィ　わかったよ、わかったよ。そんなに言うなら教えるよ。

短い間。

スウィーニー　もう遅いよ。
フランキー　手遅れ。
マグズィ　もう、教えるったら、だけど、もし他の人に言ったら……
フランキー　なに？　そしたらどうするって、大将？
マグズィ　訴えてやる。
フランキー　わかった、誰にも言わないよ。ボーイスカウトの名誉にかけて。
マグズィ　スウィーンは？
スウィーニー　誓うわ。ガールスカウトの名誉にかけて。
マグズィ　俺はまじめなんだぞ。

マグズィはネクタイを使って説明する。

マグズィ　いいかい、ここがマイルエンド通りだ。
スウィーニー　ロンドンは？
マグズィ　マイルエンドはロンドンにあるでしょうが。

スウィーニー　セントラルロンドンは？
マグズィ　だから、セントラルロンドンだってば。ウエストエンドから十分。「交通至便」。いい？　警察署、わかるよね？
フランキー　ウイーッス。
マグズィ　五〇ヤード北に歩く。どうでもいい小さな公園が右手に見える。
スウィーニー　ウイーッス。
マグズィ　左手には病院。
フランキー　ウイーッス。
マグズィ　公衆便所知ってるよね。
スウィーニー　ウイーッス。

マグズィは一件落着とでも言うかのように、指差す。間。マグズィ、もう一度指差す。

スウィーニー　おい……まさか……うそだろう、マグズィ……なあ……
マグズィ　なに？
スウィーニー　冗談だろ。
マグズィ　「事業促進計画」だよ。役所の野郎が言うんだけど、全部を一〇〇〇ポンドでいいって。ものすごく広ーい……
スウィーニー　便所なんだろ。
マグズィ　広いんだって。将来性ばっちり。見にきてよ。そしたらわかるからさ。

スウィーニー　便所はアパートに帰りゃあるし、俺んとこの便器なんか賞取ったんだぜ。一個でたくさんだよ。

マグズィ　言いたいことはわかるよ。車輪*を発明した奴も最初は笑われたんだ。

スウィーニー　誰だそいつは。

マグズィ　誰かなんて知らない。ミスター車輪君かな。

スウィーニー　ああ、ひょっとしてファイアー君のお友達だっけ？

マグズィ　そう、で、おいらが便所君。

スウィーニーは笑う。

マグズィ　はいはい、ははは、冗談。そうさ、便所だよ。誰も気にしないよ。

スウィーニー　そうだな。グルメの連中なんか気にもしないだろうな。あいつらは、奇妙な便所つきの珍しいレストラン探して世界中まわってやがるし。

短い間。

フランキー　それって、病院の近くのって言った？

マグズィ　言ったけど……

フランキー　先週そこでションベンしたよ。すごく広かった。

＊ 車輪（wheel）と火（fire）は人間の偉大な発見・発明の代名詞とされる。車輪に関するせりふは、マーバー第三作目の『ハワード・キャッツ』第一幕にも見られる。

スウィーニーはまだ笑っている。

フランキー　やめろよ、スウィーン。かわいそうじゃないか。
マグズィ　ありがとう、フランキー。
フランキー　気にすんなって、相棒。秘密は守るからよ。
マグズィ　すまねえ、フランク。理解者ってのはありがたいな。
フランキー　幸運を祈るぜ、マグズ。
マグズィ　おう。ヴィジョンだ、そいつが肝心だ。
フランキー　夢を持たなきゃいかん、そうだろ？
マグズィ　そのとおりだ。
フランキー　で、お前の夢はマイルエンド通りの便所ってわけだ。
マグズィ　からかってんのか？*
フランキー　響きからすると、お前に合った職業にも聞こえる。
マグズィ　フランキー、お前は馬鹿だ。
フランキー　そうじゃないさ。ただお前のヴィジョンとやらがうらやましいだけだよ。つまりね、俺が歩いてて……墓地があるとする……でも、俺にはそれは墓地にしか見えねえんだな。お前は墓地を見るとそれを……カジノとかに考える。そこが違うんだよマグズ、お前と俺は。ヴィジョンがさ。（スウィーニーに）一服してくる。

* 原文は take the piss マグズィは「からかう」という意味の慣用句として使うが、話題がトイレであることから、フランキーには「ションベン（piss）をする」の意味にも聞こえる。

フランキー退場。

スウィーニー　一体なんなんだ？
マグズィ　なにが？
スウィーニー　これだよ。
マグズィ　これってなに？
スウィーニー　この……お前が関わってることさ。
マグズィ　これは俺だよ。
スウィーニー　いいや、これはお前じゃない。
マグズィ　そうだよ。

短い間。

スウィーニー　スティーブンには便所だって言ったのか？
マグズィ　多くは語ってない。
スウィーニー　全く語ってないだろ。

短い間。

スウィーニー　気をつけろよ、マグズ。
マグズィ　大丈夫さ、あの物件一〇〇〇ポンドだよ、スウィーン。一〇〇〇だ、今夜プレイすればそれくらい楽に稼ぐんだけどな。

スウィーニー　それか、すっちまうかだ。

食堂。
カールが入ってくる。

カ　ー　ル　やあ、父さん。
スティーブン　よお、カール。なんの用だ？
カ　ー　ル　父さんに会いにきたのさ。
スティーブン　小切手帳を取ってくる……
カ　ー　ル　お金は要らないよ。
スティーブン　ありがたや。
カ　ー　ル　（ロゴを見て）いいね。
スティーブン　だろう、新しいロゴだ、結構自信あるんだ。
カ　ー　ル　ほんと、いいよ。友達にこれをきちんとした作品にできる奴がいるよ。
スティーブン　もうきちんとできてるじゃないか。りっぱな作品だ。
カ　ー　ル　あ、そうじゃなくて、つまりレイアウトをしてくれるんだ、そしたら印刷できるでしょ。
スティーブン　レイアウトだってもう……
カ　ー　ル　あ、そうじゃなくて……なにか飲む？
スティーブン　それを言うなら、「お父さん、一杯もらっていい？」だろ。

カール　うん。
スティーブン　あっち行ったら、俺が話があるってスウィーニーに言ってくれ。
カール　わかった。父さんも飲む？
スティーブン　いや、いい。

厨房。
カールが入ってきて袖へ出ていく。

カール　よう、みんな。
スウィーニー　よう、カール。
マグズィ　カール、カール、話したのか？
カール　（袖から）まだだ、今来たばっかりだし。
スウィーニー　今夜プレイするのか、カール？
カール　（袖から）うん。

彼は瓶ビールを持って出てくる。

カール　スウィーニー、手が空いたときに親父が話したいってさ。

彼は出ていこうとする。フランキーが入ってくる。

スウィーニー　カール、俺が貸した一〇〇持ってるか？
カール　土曜日でいいって言ったじゃない。

スウィーニー　ああ、だが今日は日曜だ。
カ　ー　ル　違うよ、来週の土曜って。
スウィーニー　今週だ。
フランキー　俺の五〇は？
カ　ー　ル　なんの五〇？
フランキー　俺が貸した五〇だよ。
カ　ー　ル　あんたに五〇なんか借りてない、よな？
フランキー　ああ。
カ　ー　ル　言ってみただけってか……
スウィーニー　出せよ。
カ　ー　ル　来週ってことにしたじゃない。
スウィーニー　要るんだよ、カール。

短い間。

フランキー　今夜なに賭けてプレイするつもりだ、カール？
カ　ー　ル　金《かね》さ。
スウィーニー　あるんなら出せよ。
カ　ー　ル　まだないんだ、スウィーン、ごめん。
スウィーニー　じゃあ、どうやってプレイするつもりだ？
フランキー　パパが用意してくれるんでちゅ。

カール　金貸してる奴がいるんだ。
マグズィ　カールに任せときなって、取り立ては得意だからな。
スウィーニー　誰から取る？
カール　トニーに三〇〇貸してるんだ。

短い間。

フランキー　奴は来ない。
カール　え？
スウィーニー　奴は葬式に行った。
カール　どこ？
マグズィ　ボルトンだとよ。
フランキー　（助言するように）タクシー呼ぼうか。*
カール　誰が死んだの？
マグズィ　父親だ。水のせいだな、あのあたりの。水になにか混じってるんだよな。
カール　金はなんとかする、スウィーン、約束する。信じてよ。
スウィーニー　なんで？
カール　え？

短い間。

* ロンドンからボルトンまでは、車で四、五時間かかる。

スウィーニー　なんでお前を信じられる？

間。

マグズィ　カール、がんばってな。

カールは食堂へ入っていく。

スウィーニー　いいからモップがけしろよ。

マグズィ　ねえ、そんなに金がいるんなら、俺がなんとかしようか。

マグズィは出ていく。

食堂。

スティーブン　で……調子はどうなんだ？

カール　いいよ。

スティーブン　ゲームは大丈夫か？

カール　ああ、うん。

スティーブン　実はな、一人足りないんだ。スウィーンに問題ありでな、明日ガキに会うから、今夜はプレイしないってさ。

カール　きっと説得できるさ。

スティーブン　母さんは元気か？

カール　元気だよ。

スティーブン　もうお前に「母さん」って呼ばせてるのか、それともお前まだ「クレア」って呼ばされてるのか？　例のどうしようもねえ施設は順調にいってるのか？　いやいや、どうしようもねえ奴らのための施設だったたな。
カ　ー　ル　癒しの施設って言ってよ、父さん、とっても順調だよ、もうすぐ利潤も上がると思うよ。
スティーブン　もうすぐ？　こりゃたまげたな。
カ　ー　ル　父さんも昔はあいつらみたいなヒッピーやってたんでしょう。
スティーブン　ああ、昔はな。

短い間。

スティーブン　それで……用は？
カ　ー　ル　ビジネス企画があるんだよ。マイルエンド通り、知ってるでしょう……
スティーブン　エリオットが『荒地』を書くインスピレーションを受けたっていうあそこか？*
カ　ー　ル　あそこはいいよ。雰囲気がある。
スティーブン　はあ？
カ　ー　ル　なに「はあ？」って？
スティーブン　「雰囲気」ってのは汚いの別名か？

＊　スティーブンのジョークである。『荒地』（一九二二年）は第一次世界大戦後のヨーロッパを荒地と見立てたT・S・エリオットの詩。

カール　そう、そうだね。あのさ、マグズィがレストランをやりたがってるんだ。
スティーブン　あいつがなんだって？
カール　僕をビジネスパートナーにしたがってる。
スティーブン　盲人が盲人の道案内をってのは聞いたことがあるが……
カール　お願い、父さん。マグズィは金が要るんだよ、ちょっとの間、借りるだけ。ちょっと物件を押さえときたいんだ。
スティーブン　物件ってなんだ？
カール　それは……マイルエンド通りに。
スティーブン　一体いくら？

短い間。

カール　三〇〇〇ポンド。

厨房。

フランキー　スウィーン。
スウィーニー　言っとくけど、俺今夜はプレイしないよ。
フランキー　そっか。そりゃしょうがない。

間。

スウィーニー　で……例のあれには一発やったんだろ、な？
フランキー　「例のあれ」？
スウィーニー　ブロンドのあの娘さ、十番テーブルの、ムチっとした。
短い間。
フランキー　いやあ、あの娘タクシーで帰っちゃったよ。
スウィーニー　うそつけ。*
スウィーニーは出ていく。
フランキー　いいとこまでは行ったんだけどな。
食堂。
スティーブン　お前、本気でレストランをやるつもりか？
カ ー ル　はい、父さん。
間。
スティーブン　お前がなりたいのは……「極楽トンボ」じゃなかったのか。今までずいぶん言い合ってきたことだが。
カ ー ル　まあね、でも決心したんだ……「極楽トンボ」じゃいけない、一生ピザの配達ってわけにもいかないから。

＊　原文は You bullshit merchant
merchant は「見下げた奴」。

スティーブン　おいおい、お前いつ心を入れ替えたんだ?*

カール　そんなのわからないよ。どうでもいいでしょう?　喜んでくれると思ったのになあ。父さんなら僕らに経営を教えてくれるでしょう。父さんの言うとおり僕は今まで……「足踏み状態」だったもんね。ね、お金を貸してくれないかな?

スティーブン　カール、そんな金どこにあると思ってるんだ?

カール　あるじゃん。

スティーブン　すまんな、そんなことしたら俺が無責任な奴になってしまう。とにかくお前とマグズィには三〇〇〇ポンドなんて貸せない……奴はアホだぞ。奴は今もあの「とても口には出して言えない勝負」の借りを俺に返し続けている、だから奴は……

カール　だからマグズィは思ったんだよ、父さんが自分を信頼していて……もちろん僕のことも……父さんが投資してくれる気になるんじゃないかって……純粋に思ったわけ。

スティーブン　奴に投資だと?　税金対策にか?　あいつはな、救いようのない馬鹿だぞ。

カール　マグズィはそんなんじゃないよ、父さん。

スティーブン　いいや、奴はどうしようもない間抜けだ。

カール　もういいよ。いくらなんでもそんな言い方はないでしょう、集中砲火はやめてあげて。

* 原文は when did this Damascan conversation occur? Damascas は聖ポールが改宗した町で、Road to Damascas (回心の道) という慣用表現がある。Damascan conversation はポールが改宗するきっかけとなったキリストとの対話のこと。

スティーブン　なんだ「集中砲火」って?
カール　ひどく言わないでってことだよ。
スティーブン　奴にわかってるのか、どれだけ金がかかるかって……
カール　わかってるわけないよ。

間。

スティーブン　とにかくだな、カール、その件についてはすまんな、お前のやる気は本当にうれしいがな……ここで働いてビジネスをきちんと学べば、そしたら……
カール　またその話だ、それはありえないんだから……
スティーブン　いやいや、俺の下で働けとは言ってないんだ、俺のパートナーとしてだ。カール、そうしてくれないか、俺はお前に、週に一度といわずポーカーの相手をして欲しいんだ。
カール　前にここで働いたけど、うまくいかないじゃない。

厨房。

スウィーニー　(入ってきて)皿洗ってきたか?
フランキー　ごめん。帰ったらすぐにやるよ。
スウィーニー　今日は俺の方が早く帰るだろうが。*

＊　二人は一緒に住んでいる(二八ページ参照)。

間。

スウィーニー　なぜ遅れた？
フランキー　よけいなお世話。
スウィーニー　なぜ遅れたんだ？
フランキー　旅行代理店に行ってきたんだ。
スウィーニー　へえー？　みだらな週末旅行でも予約したか……独身男の……「買春ツアー」かなんかか？
フランキー　よけいなお世話。

食堂。

スティーブン　それはそうと、今夜はオーケーなんだな？　ゲームできるんだな？
カール　どうかな。資金がないもん。トニーに金貸してるんだよ。
スティーブン　トニーは今夜来ないぞ。
カール　知ってる。

厨房。

フランキー　ルイーズに会うんだって。
スウィーニー　ああ。

フランキー　そいつはよかった。
スウィーニー　ああ。
フランキー　何時に？
スウィーニー　九時。
フランキー　早いな。
スウィーニー　ああ、動物園に行くんだ、マグズィは「恐怖の部屋」に行けって言うんだが。
フランキー　まだ六歳だろう。
スウィーニー　五歳だよ。

短い間。

フランキー　ああ、だけど、もうすぐ六歳だろ？
スウィーニー　先月五歳になったばかりだよ。

食堂。

スティーブン　つまり……お前はゲームの金を俺に貸して欲しいって言ってるのか？
カ　ー　ル　違うよ、金がないからプレイはしないって言ってるんだよ。
スティーブン　なんてこった。まずスウィーニーが降りて、今度はお前か。二十年間ほとんど毎回、ポーカーのお膳立てをやってきたが、メンツでこんなにトラブったことはなかったぞ。

食堂。

フランキー　で、何時に動物園は開くの？
スウィーニー　さあ、十時？　十一時？
フランキー　一日中動物園のつもり？　子供ってあきちゃうんじゃないの？
スウィーニー　ルイーズは動物が好きだから。
フランキー　マグズィを連れてけば。
スウィーニー　まさか、あいつなんか連れていったら、ゴリラがビビっちまう。

食堂。

スティーブン　ゲームしないでどうやって学ぶんだ？
カール　なにを？
スティーブン　自制心だよ。
カール　ポーカーと自制心は関係ないでしょう。ポーカーは根性さ、リスクさ、情熱さ……
スティーブン　カール、お前はファンタジーの世界に生きている。「シンシナティ・キッド」*じゃあるまいし。

厨房。

* 「シンシナティ・キッド」（一九六五年）は、賭博の世界に生きる男たちを題材にした映画。スティーブ・マックィーンがポーカーの名手を演じている。

フランキー　がっかりだな、プレイしないなんて。
スウィーニー　フランク、俺を悪者にする気か。

食堂。

スティーブン　カール、ポーカーってのはすべて鍛錬なんだ。ゲームそのものも鍛錬だし、毎週日曜日、ゲームに参加するために一〇〇ポンド持ってここにやってくるのも鍛錬だ。
カ　ー　ル　学校じゃないんだから。
スティーブン　いいや、そうさ、ここはポーカー学校なんだから。

厨房。

スウィーニー　なにが言いたいんだ？　今日はプレイしないで帰るしかないんだ、わからないのか？
フランキー　わかるわけないじゃない。だって、プレイもして、そしてガキにも会えばいいじゃん。
スウィーニー　ガキじゃない、ルイーズだ。娘と会うときはシャキっとしてたいんだよ。前の晩にすった賭け金のこと考えてムスっとしてられないだろう。娘が横で……ペンギンなんか楽しそうに見てるのにさ。*

食堂。

* 子供と動物園にペンギンを見にいくというエピソードは、『ハワード・キャッツ』第一幕にも登場する。

スティーブン　カール、父さんがポーカーのことを教えてやったんだろ、なにもかも。

カ ー ル　僕は一人で大丈夫だ……

スティーブン　先週はどうだ？　お前はカモ同然のゲームをした、マグズィを上回るカモだった、これは見過ごせんだろう。

厨房。

フランキー　プレイしたいんだろ？

スウィーニー　したいのは山々だって。

フランキー　じゃあ、「品行方正なパパちゃん」を気取るのはやめてプレイしなよ。

食堂。

カ ー ル　確かに、先週は負けたよ、でもいつもは、この一年で見れば勝ってるじゃない。

スティーブン　残念だがな、カール、そうじゃないんだ。忘れたのか、俺は毎回記録をつけてるだろ。お前は負けてるんだよ。

厨房。

フランキー　負けるのが怖いのか？

スウィーニー　いや。

食堂。

カ　ー　ル　どの時点から記録をつけてるかで結果は違うでしょう。
スティーブン　お前は負けてるんだよ。

厨房。

スウィーニー　わかったよ。おっしゃるとおり。俺は負けるのが怖いんだ。この三週間で一〇〇〇ポンドすっちまってる。もし今夜、あり金全部すっちまって、明日ルイーズに使ってやる金が一銭もないなんてことになってみろ。
フランキー　ズボンの後ろポケットに五〇ポンド入れときなよ、それでそれには手を触れなきゃいい。
スウィーニー　がまんできなくなるよ。

食堂。

スティーブン　お前には鍛錬が足りない、チェックしなきゃいかんときに賭けるし、お前がコールするときはほとんど……とにかく女の腐ったようなやり方だ。
カ　ー　ル　全部、父さんから教わったんですけど。

厨房。

フランキー　お前から教わったんだぜ。

スウィーニー　学生時代にな、フランク、何年も前のことだ。

フランキー　だからなに？

食堂。

スティーブン　まあ、教え方が悪かったのか、それとも……カール、いずれにせよ、お前はなんにも学んどらん。

厨房。

スウィーニー　だからさ……今じゃお前は俺よりずっといいプレーヤーじゃないか、そうだろ。

食堂。

スティーブン　カール、お前はどうして……

カ　ー　ル　なに、父さんみたいになれないかって？

厨房。

フランキー　肝っ玉なくしたの？　気弱になっちゃったのか？

スウィーニー　怖いと思っても恥なんかじゃない。
フランキー　ポーカーやってるときそう思ったら、そりゃ恥だ。
スウィーニー　今ポーカーやってるわけじゃないだろ。

食堂。

スティーブン　お前は一生金を借りて生きていくのか？

厨房。

フランキー　なにかっこつけてんのさ？
スウィーニー　いいじゃないか、かっこつけても。

食堂。

カール　僕がプレイすることがそんなに大切なら、母さんにお金借りてくるよ。
スティーブン　このことにあいつを引っ張り込むな。

ここからは、しばらく二つの部屋でのやり取りが交互に続く。

フランキー　なあ、スウィーン。
スティーブン　これはお前と俺の問題だろ。
カール　僕はポーカーの問題だと思ったけど。

フランキー　なあ、スウィーン。
スウィーニー　やめろよ、フランキー。
スティーブン　お前の母さんは……
フランキー　だらしない奴だ……
スティーブン　俺がお前の年には家族を養ってたぞ……
スウィーニー　言いたいこと言ってろ。
スティーブン　お前の母さんときたら、家ででっかい尻下ろして仏像みたいにドテーっと座ってたっけな……
フランキー　腰抜け。
スティーブン　片手には哺乳瓶……
スウィーニー　お前こそ腰抜けだ。
スティーブン　もう片方にはマリファナ持ってな。
カール　だからなにが言いたいんだよ？

約二十秒ほど即興的な大声をあげた言い争いが続く。そしてマグズィがモップとバケツを持って行進するように厨房に入ってくる。

スウィーニー　あっち行ってろ、マグズィ。

マグズィは出て、食堂へ行く。

スティーブン　（マグズィに）じゃまだ。

マグズィは出て、また厨房へ行く。

スウィーニー　あっち行ってろ、マグズィ。
マグズィ　出てくよ、わかったよ。

マグズィは椅子に立てかけようとモップをいじる。

スティーブン　ここに来て座れ、カール。
カ　ー　ル　怒鳴らないでよ。
スウィーニー　よし、じゃあ出ていけ。
カ　ー　ル　怒鳴られるのはいやなんだ、父さん。
マグズィ　はいはい、出ていきますよ。
スティーブン　小娘みたいに生意気なこと言わずに、ここに来て座れ。
カ　ー　ル　怒鳴らないでよ。
スティーブン　（大声で）わかった。
スウィーニー　今出ていけ。
カ　ー　ル　怒鳴らないでってば。
マグズィ　だから出ていくって。
スウィーニー　だから出ていけってば。

マグズィは出ていく。

スティーブン　（大声で）わかった、頼むからこっちへ来て座って、俺と話してくれ。頼む、カール、まあ座ろう。落ち着いて理性的に話そうじゃないか。

間。

マグズィ　（袖から）出てったよ。

食堂。

スティーブン　いいか、いい加減にわかってくれ、俺はお前に金を貸し続けることはできんのだ……

カール　でも、今回のはそんなんじゃないよ、父さん……

スティーブン　一度でいい、一度でいいから、最後まで言わせてくれ。

厨房。

スウィーニー　プレイはしない。いいな。

フランキー　わかったよ、お前はプレイしない、上等だ。

食堂。

カール　どうしてそんなに感情的になるかなあ？　父さんは銀行、僕はお客って感じにどうしてなれないの？

スティーブン　あのな、カール……
カール　そうすれば感情的なつながりはないし、となると親子なのも関係ない、するとこれは単なる取引ってことに……
スティーブン　よくもまあいけしゃあしゃあと、お前ねえ、銀行から金を借りたいのなら、銀行へ行きなよ。
カール　銀行へは行けない。
スティーブン　一体なぜなんだろうな、カール。それは、お前がギャンブルをやめられないからだろう。お前がスロットマシンに病みつきになってるからだろう、今まで生きてきて、そんなアホな野郎、他に聞いたことねえぞ。どの銀行もお前とは取引しないよな、カール、だってそうだろ、去年お前はロンドン中の銀行で不渡り小切手出したからな、ところが、お前の親父、どうしようもない馬鹿のお前の親父、つまり俺がな、お前の借金全部肩代わりしてやったから、お前はムショにも入らずにすんだ。
カール　ムショなんて、そんな。
スティーブン　いいや、間違いなく入ってた。だからいいか、俺を銀行扱いするな、一秒たりとも俺とお前の間に感情的なつながりがない「取引」なんてもんがあると思うな、俺がお前の父親で、お前は俺の息子だってことはどうしようもない事実なんだからな。

厨房。

フランキー　一杯やる？

スウィーニー　そうだな、やるか、ハウスワインの赤でも開けるか。

食堂。

フランキー出ていく。

カール　父さんが成功してるからってさ、僕が……

スティーブン　成功してる？

カール　そうさ、父さんはゼロからこのレストランを建てたじゃない。

スティーブン　頼むから、この店に来てそういうのん気なこと言わないでくれよ。「なあ、父ちゃん、父ちゃんは、ここさ一人で建てたんだべ」ってか。なに言ってやがる。

間。

スティーブン　（穏やかに）プレイして欲しいんだよ、カール。プレイしないのなら、お前とは会わない。

間。

スティーブン　わからないのか？　脅してるんだぞ。

間。

カール　そんなの怖くないよ。いい、僕にはお金がないんだ、だからプレイしない。来週またね。

カールは出口へ歩いていく。

スティーブン　ほら……一〇〇ポンドだ。

スティーブンは現金を手に持って掲げる。カールは出口の方へ体を向ける。

スティーブン　頼む……カール……

沈黙。

カール　（現金を取りながら）申し訳ない。

短い間。

カール　今夜勝ったら、即返すからね。ね？

スティーブン　わかった。

カール　じゃ、あとで。

カールは出ていく。

沈黙。
厨房。
フランキーは赤ワインのボトルを持って帰ってくる。彼はスウィーニーに一杯注ぐ。

スウィーニー くそ、見せてみろ。
フランキー ハウスワインだよ。
スウィーニー そなたに祝福あれ。（飲んで）このワインは？
フランキー もっとお茶はいかがですか、牧師様？

フランキーは彼にラベルを見せる。

スウィーニー フランキー、これは一本四〇ポンドの代物だぞ。
フランキー 今夜は店のおごりで素敵な赤ワインをいただくことにした。
スウィーニー お前の払いでな、フランキー。
フランキー いやーん、こわーい……殺さないで。
スウィーニー 覚えておけよ。マグズィは？
フランキー 下にいるよ、一人トランプやってる、みじめな奴。あいつったら、一人でいかさまやってたよ。一人トランプでも勝てないんだから。
スウィーニー 心配だな。
フランキー みんな心配してるさ。

スウィーニー　いや、俺の心配してるのは奴の便所さ。
フランキー　マグズのお城のこと？　乾杯。
スウィーニー　あいつは真剣だぞ、わかるだろ、いいか、スティーブンは奴に金を貸したりしねえ。
フランキー　知恵を貸すわけでもねえ。

マグズィが入ってくる。

マグズィ　入ってもよろしいでしょうか？
フランキー　もう入ってるじゃない。
マグズィ　いや、そのお、出ていきましょうか？
スウィーニー　いや、椅子持ってこい、一杯やろう。すまない、大声出して。俺はいやな奴だな。
マグズィ　いいってことよ。

フランキーはマグズィにワインを一杯注ぎ始める。

マグズィ　いや、いい。俺がワイン好きじゃないって知ってるだろ……
フランキー　さあ、やろうぜ。

短い間。

マグズィ　でな、お前さん方、ここが思案のしどころさ。俺のレストラン、

スウィーニー　禁酒にしようかと……目のつけどころがいいだろ……そうすりゃ宣伝効果もある。どうかねこんなの、スウィーン？
フランキー　おお、いいんじゃない。
マグズィ　（モップを取って）俺がやるよ、マグズィ。
フランキー　ホントに？
マグズィ　ああ。*
フランキー　うれしいねえ。（フランキーに）今俺から話してみる？
ああ、話してみてくれ、攻撃あるのみだ。

フランキーは食堂の方へ出ていき、床のモップがけを始める。

マグズィ　で……フランキーはあんたをプレイするように説得できなかったってことかな？
スウィーニー　残念ながらね、マグズィ。
マグズィ　そうだよな、俺だってガキがいたら同じようにするよ。でなきゃ子供にポーカーを教えるかだな、スティーブンがやったみたいにな。

短い間。

マグズィ　本当に残念だな、今夜は……俺の最後のゲームになるというのに。
スウィーニー　え、なんだって？

＊　フランキーは、「モップ掃除をしてやる代わりにスティーブンとの交渉にいけ」と身振りで合図する。

マグズィ　そうなんだ、今日午後、診察受けてね……で、医者が言うには俺はもうプレイできないんだと……なんでも俺の心臓は珍しいくらいひどい状態らしくてね……興奮に耐えられるだけの代物じゃないんだ……だからなんだよ……ポーカーはもうできない……俺はもうズタズタだ……でも乗り越えてみせるよ、たぶん……そのうち。

彼はむせび泣く。

マグズィ　スウィーン？

短い間。

スウィーニー　精一杯やってそんなもんか？
マグズィ　うん、こんなもんだろ。
スウィーニー　へたくそ。
マグズィ　なあ、スウィーン、やろうよ、なあ。俺のために頼むよ。スウィーン、なあ頼むよ、俺のために、お願い。してくれよ。俺、今夜ついてる気がするんだよ、お前さんもついてる気がする。な、やろうぜ。
スウィーニー　わかったよ、それでおまえが喜ぶなら、プレイしてやるか。
マグズィ　いい奴だ。

スウィーニー　一時間だけだぞ。
マグズィ　いい奴だ。

スティーブンが入ってくる。

スティーブン　スウィーニー、俺の伝書鳩から聞いてないか？　俺に会いにきてくれって言ってたこと。
マグズィ　大丈夫、スウィーニーはやりますから。
スティーブン　（スウィーニーに）やるのか？
スウィーニー　ええ。
スティーブン　よろしい。
マグズィ　マグズィ様ならではの説得力を持ってすれば、スウィーニーなんてイチコロでしたよ。
スティーブン　よくやった。
マグズィ　で、カールと話しました？
スティーブン　ああ。
マグズィ　で、やりたくてウズウズってとこでしょう？
スティーブン　いい意味で興奮してるな、マグズィ、しかし、それはまた後で話さないか？　ゲーム始めるから。
マグズィ　いいですともさ。ゲームの前に額についてきっちり話しておきましょうよ、そうしてオーナーのあそこをチョッキンってね。

短い間。

マグズィ　ポーカーっていう刀でね。（スウィーニーに）あんたのもね。

スウィーニー　お前にできるのか？

マグズィは食堂の方へ出ていく。

スティーブン　裾バンド。

スウィーニー　スティーブン、ラム肉、メニューからはずしていい？　一塊しか残ってないんだけど。

スティーブン　ああ、仕方ないな。

短い間。

スティーブン　スウィーン、マグズィの「計画」のこと聞いたか？

スウィーニー　ええ、話題にはなってるけど。

スティーブン　俺は一体あいつにどう言うべきかな？　あいつに金を貸すなんてとてもできない。

スウィーニー　納得。ズバッとストレートに言ったらどうですかね。

短い間。

スティーブン　今夜プレイしてくれてうれしいよ、スウィーニー。

スウィーニー　まあ、オーナーをがっかりさせたりできないでしょうが。

スティーブン　（彼にロゴを見せて）なあ、これどうだろう？　新しいロゴなんだけど。

スウィーニーはロゴをよく見てみる。

スウィーニー　うーん、だめだな、こりゃ。

スウィーニーは出ていく。スティーブンは食堂に入っていく。食堂。

スティーブン　諸君、仕事だ。フランキー、あのテーブル、脚がグラグラしてるぞ、直しとけ。

フランキー　ウイーッス。

スティーブン　「はい」だろうが。

フランキー　はい。

マグズィ　おいらの担当範囲にはガタついたテーブルなんてなーい。

スティーブン　テーブルはそうだな、だがウエイターがガタついてるな。（ロゴを見せながら）フランキー、なあ、お前はどう思う……

スティーブンはロゴの出来がよくないと悟り、くしゃくしゃにして床にポイと捨てる。

スティーブン　マグズィ……拾え。
マグズィ　はい、オーナー。
スティーブン　それからマグズィ、裾バンドはずせ。
マグズィ　おっと、裾バンド、裾バンドっと。

マグズィは裾バンドをはずすが、紙くずを拾うのを忘れる。

スティーブン　マグズィ……拾え。
マグズィ　どっちが拾うかコインで決めます?
スティーブン　馬鹿言うな。

*マグズィはコッコッコとニワトリのように鳴く。

スティーブン　よし……わかったよ。

マグズィはコインをトスする。

スティーブン　表だ。

マグズィはコインを見る。

マグズィ　へへえ。裏ですよ。さ、坊や、拾って。

スティーブンは紙くずを拾う。

＊ 原文はMugsy clucks 'chick-en'. スティーブンに「弱虫」(chicken)だと言って挑発している。

マグズィ

ねー、今夜は俺のための夜なんだ。マグズィ様はツキまくってるのさ。

第2幕

Act2

真夜中。

店は閉店。一人の客、アッシュがテーブルに残っている。スティーブンとマグズィが食堂にいる。

厨房。

フランキー もう一本いくか？

スウィーニー いきまっしょ。

フランキーは出ていく。

食堂。

マグズィがアッシュのテーブルに近づく。スティーブンは厨房へ行く。

マグズィ コーヒーはいかがですか？

アッシュ じゃあ、カプチーノを。

マグズィ ああ、申し訳ございません、機械が故障しておりまして。イタリア製なもので。フィルターかインスタントならございますよ。どっちでも変わりませんけど。

アッシュ　なにが？

マグズィ　フィルターとインスタントでございます。私には味の違いがわかりません、お客様はわかります？　ワインと同じでございます。いえ、もちろん、白と赤の違いくらいは私にもわかりますが……つまり、白の方が酸っぱいのでございます、ね。でも、赤と赤になりますと、私にはどれも赤としかいいようがありません。とは言いながら、私はファンタ*の方が好きなんですけども、はい。

アッシュ　フィルターをもらおうかな。

マグズィ　フィルターでございますね、かしこまりました。実際は、金属フィルター付きのカフェティエールでございます。コーヒーポットでございますが、ピストンなんかついちゃったりして。

アッシュ　それはそれは。ついでにアマレッティビスケット**もください。

マグズィ　なんですか？

アッシュ　アマレッティビスケットですよ。ペーパーがついてて、ほら、燃やすやつです。

マグズィ　ビスケットを燃やしちまうんですか？

アッシュ　違いますよ、ペーパーをですよ。ペーパーに火をつけると、燃え上がる。

マグズィ　どうして？

＊　原文はTango　微炭酸のオレンジジュース。マグズィは酒が飲めない。

＊＊　アマレッティビスケット（Amaretti biscuits）はイタリアのアーモンド風味のビスケット。

短い間。

アッシュ　物理学的に当然でしょう。

マグズィ　そのとおりでございますね。物理学がなかったら我々の生活はどうなっていたでしょう？　たぶん、上下反対だったり、プカプカ浮かんでいたり。ただ、私の知りたいのはですね、なぜにペーパーに火をつけるかということでして。

アッシュ　おもしろいから……楽しいからですよ。

マグズィ　あるかどうか見てまいります。

マグズィは厨房に入っていく。

厨房。

スティーブン　なにやってんだ、マグズ。

マグズィ　俺のせいじゃないですよ。

スティーブン　客の注文は？

マグズィ　コーヒーです。

スティーブン　よし、コーヒーを持っていけ、でな、絶妙のタイミングでな、お勘定になさいますかって言え。

マグズィ　またなんで？

スティーブン　馬鹿やろう。俺は今世紀のうちにポーカーをやりてえんだよ。

マグズィ　でも、客をせかすのは失礼じゃないですか。

スティーブン　いいか、お前がマイルエンド通りでレストランをやるときにはな、一晩中賭け仲間に居残りさせて、大騒ぎの余韻に浸らせればいいさ。だがな、とりあえず今は、あの客をどうにかしろよ。

スティーブンは食堂へ戻る。

マグズィ　ここには、あるかな……火がつくビスケットとかが？

スウィーニーは彼を見る。

食堂。

スティーブンがアッシュのテーブルに近づく。

アッシュ　どうも。

スティーブン　お食事はいかがでしたか？

アッシュ　パッとしませんな。

スティーブン　え、どうしてでございますか？

アッシュ　ステーキに火が通ってなくて、冷たかった。

スティーブン　どのステーキになさいました？

短い間。

アッシュ　タルタルステーキ。*

* タルタルステーキ（steak tartare）は、卵黄、たまねぎなどを添えた生肉料理。

厨房。

フランキーはもう一本のワインのボトルを持って戻ってくる。

フランキー　スペインワインだ、スウィーン。

スウィーニー　かんぱーい。

二人は飲む。

スウィーニー　で、旅行はいつ行くんだ？

フランキー　近いうち。

スウィーニー　誰と？

フランキー　*ひとりぼっちさ。おいらはもう大人なんだもの。

スウィーニー　休暇か、俺もとれるけど……

フランキー　なら今夜は勝てよ。

食堂。

スティーブン　まもなく閉店でございますが、なにかご注文は？

アッシュ　先ほどアマレッティビスケットを頼んだんですが、もっともそんなのを置いていればなんですが。

スティーブン　あ、申し訳ございません。おわかりとは思いますが、それは、どちらかというと**その辺の食堂に置いておりますようなもので。な

＊　原文はOn me tod.　on my tod（一人で）の変形。

＊＊　「その辺の食堂」の原文は'trattoria' sort of thing　トラットリア（trattoria）はイタリアの大衆レストラン。

んなら、ご紹介いたしましょうか？　この辺でお手ごろのレストランを……ご所望でございましたら。

アッシュ　私はここで大丈夫、ありがとう。

スティーブン　左様ですか。では、ごゆっくり。

スティーブンは厨房の方へ出ていく。

厨房。

スティーブン　急げよ、マグズィ。

マグズィ　（袖から）急いでますって。

スティーブン　それ、俺にも注いでくれ、フランキー。

フランキーは注ぐ。

フランキー　あの客、なにをしてるんです？

スティーブン　俺の店に言いがかりつけようってんじゃないか。

フランキー　「グルメガイド」の奴に違いないな。

スウィーニー　奴は俺の料理にけちつけてなんかなかったろうね？

スティーブン　というより、俺に「けち」つけやがった。

スティーブン、ワインを飲む。

スティーブン　これは？

フランキー　ワインですよ。
スティーブン　上等のクラレットじゃないか。
フランキー　四番テーブルが気に入らないって戻したんでさ。
スティーブン　四番テーブルはずっとミネラルウォーターを飲んでただろうが。

短い間。

フランキー　そうか、それで戻してきたんだ。
スティーブン　ボトルを見せろ。フランキー、ボトルを見せてみろ。

フランキーはラベルを彼に見せる。

スティーブン　フランキー、今度四〇ポンドのワインを盗んでみたいと思ったらな、盗んでいいですか？　って尋ねるくらいの礼儀は持てよ。
フランキー　それって言葉的に矛盾してません？
スティーブン　屁理屈言うんじゃねえ、フランキー、これは窃盗だぞ。

マグズィはカフェティエールを持って入ってくる。

フランキー　弁償しますって。
スティーブン　当たり前だ。
フランキー　仕入れ値でいいでしょ、利幅はなしで。
スティーブン　四〇ポンド払え。

フランキーはもう一本のビンをテーブルに置く。

フランキー　八〇ポンドっす。いいすか、今夜俺の勝ち分から差し引けばって感じ。

スティーブン　冗談には聞こえねえぞ、フランキー。

フランキー　冗談じゃないんで、よろしく。

スティーブン　俺も本気だ。

フランキー　じゃ、これは冗談抜きでお互い納得ということで。

スティーブンは立ち上がる。

スウィーニー　ほらほら、お譲ちゃんたち。俺が、フランキーに許可したんです。スティーブン、俺の給料から引いておいてください。

スティーブン　心打たれるねえ、スウィーニー、だがお前は、哀れなうそつきだ。(マグズィに)なにをぐずぐずしてるんだ。

スティーブンは出ていく。マグズィは食堂の方へ出ていく。フランキーはタバコを一箱取り出す。スウィーニーは彼からタバコを箱ごと取り上げる。

スウィーニー　来いよ。

フランキーとスウィーニーは出ていく。

食堂。

マグズィはアッシュのテーブルの上にカフェティエールを載せる。

マグズィ　カフェティエールでございます。二分お待ちいただきましたら、これを押して下げてください、ゆーっくりと、そうすれば……吹きこぼれませんから……で次に……えぇっと、そんなところでございます。

アッシュ　ありがとう。

マグズィ　それから、申し訳ございません、当店にはございません……その……ビスケット*が。

アッシュ　なら結構。

マグズィ　チョコバー**ならあったりして。

短い間。

アッシュ　いいですね。

マグズィ　は？

アッシュ　いいですねと言ったんです。それをいただきましょう。

間。

マグズィ　マジで。いらないっておっしゃると思ったんですが。

*　マグズィは「アマレッティ」という言葉を忘れた。

**　原文は Snickers

アッシュ　あるんですか、ないんですか？
マグズィ　あります……半分食べちゃったんですが。

短い間。

アッシュ　じゃあ、残りの半分を。
マグズィ　承知しました。すぐ持ってまいります。
アッシュ　薄切りをね。
マグズィ　は？
アッシュ　薄く切って持ってきてください……小皿に載せてね。
マグズィ　承知しました。

マグズィは厨房の方へ出ていき、袖に入る。アッシュは携帯電話を取り出し、電話をかける。

アッシュ　もしもし……ああ……待たされてて……三十分……ああ、すぐ行くから。

マグズィが小皿を持って帰ってくる。

マグズィ　チョコバーでございます。薄切りにして、小皿に載せてまいりました。
アッシュ　ありがとう。

アッシュはカフェティエールのレバーを押し下げる。

マグズィ　ゆーっくりとおー。

アッシュはマグズィを見る。

マグズィ　ゆっくりですよ。他になにかございますでしょうか？
アッシュ　なんだか、私があなたを寝かさないみたいに聞こえますが。
マグズィ　いいえ、決してそんな……ただ、私どもはちょっと下でポーカーゲームをやることになっておりまして、なかなか始められないのでございます、その……
アッシュ　私にとっとと帰れと？
マグズィ　いえいえ、決してそんな、心ゆくまでごゆっくりどうぞ。ほんとに。あいつらから巻き上げるのにまるまる一晩あるんですから。

短い間。

マグズィ　というところで……お勘定いかがいたしましょうか？
アッシュ　え、払ってくれるの？
マグズィ　まさか、「え、払ってくれるの？」って、もうお上手ですなあ。いえいえ、私が払うなんて。というわけで、お勘定いかがいたしましょうか？

間。

アッシュ　カールにつけておいて。

マグズィ　カールですか？

アッシュ　ああ。

マグズィ　と言いますと、カールのお知り合いで？

アッシュ　ああ、あいつ遅いなあ。

マグズィ　ええ、いつもですよ。どんな間柄で？

アッシュ　奴の父親だよ。

間。

マグズィ　でも……

アッシュ　冗談だよ。今夜は静かだな、ここ。この店流行《はや》ってるの？

マグズィはバーへ行き、勘定書を用意する。

マグズィ　まあまあっす。いまいちかな。経営の問題ですね。……あと、場所かな……それに料理。足りないんですよ……ヴィジョンが。

アッシュ　で、今夜はどんなのをやるって？

マグズィ　ポーカーです。

アッシュ　わかってるよ、さっき聞いた。賭け金はどんなかってこと。

マグズィ　決まってません。小さく始まって大きくなる。誰が賭けるかで変わります。痛みの伴わないものは面白みがないっていつも言ってるんですがね。
アッシュ　払えない以上のものを賭けるのかい？
マグズィ　そりゃもう！
アッシュ　場所代は？
マグズィ　ディーラーから二ポンドずつ。
アッシュ　ブラインドで賭け金のレイズは？
マグズィ　やりますよー。
アッシュ　ゲームはディーラーが決めるディーラーズ・チョイス？
マグズィ　そう。
アッシュ　賭け金のリミットは？
マグズィ　最初はポットリミットで始まるけど、朝の四時くらいになると負けてる奴がリミットなしでって言い出す。
アッシュ　ワイルドカードは使うのかい？
マグズィ　あたりきよ。
アッシュ　どんなゲームをするのかな？
マグズィ　そうだなあ、ホールデム、オマハ、アイリッシュ、ロウボール、フィアリークロス、アナコンダ……チョコバーはサービスね。
アッシュ　客を甘やかすといけないよ。

マグズィ　シカゴ、ヘッジホッグ、マグズィの悪夢……

アッシュ　なんだいそれは？

マグズィ　マグズィの悪夢？　俺が考えたんだよ。ファイブカードスタッドなんだけど、ハイ・ロー・ゲームで、二枚裏、三枚表、クイーン、4、片目のジャックはワイルドカードで、ツイスト。ツイストっていうのは、俺にしかわからない代物なんだけどね。

アッシュ　カードスピーク？　それとも宣言するの？

マグズィ　どっちもあり、それもディーラーズ・チョイス。

アッシュ　フラッシュはハイ・ローにカウントするの？

マグズィ　うん。

アッシュ　ウィール・ゴー？

マグズィ　なんでもゴーゴー。あなたポーカーやるのかな？

アッシュ　私？　とんでもない。

カールが入ってくる。

カール　やあ、アッシュ。

アッシュ　やあ、カール。

マグズィ　カール、カール、どうだった？

カール　なにが？

マグズィ　スティーブンとの話だよ。レストランの話。

カール　うまくいったよ、マグズィ。
マグズィ　よし。後で話すことにしてるんだ、そのお……
カール　アッシュ、ごめん、遅れて。
アッシュ　いいさ。
カール　うまかったかい？
アッシュ　申し分ない。ありがとう。
マグズィ　お勘定。カールでいい？　このお方がお前にって……
カール　ああ。

彼は財布を取り出す。

カール　これが例のマグズィだよ。こいつが給仕したのかい？
アッシュ　ああ、結構なサービスだったよ、ありがとう。
マグズィ　イエーイ。二九ポンド五〇だよ、カール。

カールはマグズィに三〇ポンド渡す。

マグズィ　チップは？

カールは彼に五ポンド渡す。

マグズィ　毎度。またのお越しをお待ちしています。

短い間。

マグズィ　コーヒーもう一杯いかが？
アッシュ　結構。
マグズィ　じゃ……じゃあ、ここいらで私は失礼いたします。
アッシュ　どうも。

マグズィは厨房の方へ出ていき、袖に入る。

間。

カール　で、どうでした？
アッシュ　ああ、まあまあだ。

間。

カール　親父には会いました？
アッシュ　ああ。
カール　言ったとおりでした？　ケツの穴の小さい奴でしょう？
アッシュ　問題ない。
カール　ええ、問題はないですが。

間。

アッシュ　で、例のものは？
カール　まだ……いや、全部はまだってことで。
アッシュ　いくらあるんだ？
カール　二六五。

間。

アッシュ　四〇〇〇の貸しのはずだが。

短い間。

アッシュ　どうした？
カール　その……なくなりました。
アッシュ　あ？　どういうことだ、「なくなりました」ってのは？
カール　ちょっと、カジノに寄ってたんで。すっちゃって。一〇〇〇持ってたんですがね、いや、ほんと、ブラックジャックで残りの三〇〇〇稼ごうと思ったら、ディーラーのやろうが異常についてて。ワンボックスに一〇〇ずつ賭けてたら……計算しようとしてたんですよ……あなたに言われたとおり……でも、奴ときたらエースと10を立て続けに引きやがって。アッシュ、すまない。

間。

カール　俺を殺すの？
アッシュ　あきれた奴だな。映画じゃないんだから。

短い間。

アッシュ　言ったはずだ。金は今夜要る。
カール　わかってるよ。
アッシュ　俺がその四〇〇〇を借りてるんだぞ。
カール　わかってるよ。
アッシュ　ゲームに顔出して、この金を払ってこなきゃいかんのだ。
カール　わかってるよ。

短い間。

アッシュ　というわけだ。お前、その金はいつでも親父からもらえるって言ったよな。そうしてくれ。
カール　ごめん、できないよ。
アッシュ　いいか、間抜け、今すぐお前のすてきなパパのところへ行って話してこい、自分がいかにかわいそうなトンマで大金をすっちまったかってことをな。正直に話して、自分はカジノで大負けしましたから、もうギャンブルはしませんって約束してこい。そして、金を手に入れて俺のところへ持ってこい。今すぐだ。

カール　もしできなかったら？
アッシュ　（皮肉っぽく）奴らが大砲みたいな銃持ってきて、お前の脳みそぶっ飛ばすだけさ。ドーン。

アッシュはカールを一度たたく。きつめに。

アッシュ　このアホ。冗談じゃないんだ。これはポーカーの借金だぞ。絶対返さなきゃならん。言ってたじゃないか、お前言ってたじゃないか、俺が金を貸すときに、この一年ずっとお前は言ってた、親父はちょろいって、親父はしゃれたレストラン経営のリッチな実業家だって。言ったじゃないか、いざとなったら親父が払うって。いいか、今がいざっていうときなんだ。金を取ってこい、えーんって泣きながら行ってこい、お願いしますって行ってこい、親父のあそこをしゃぶってでもいいから、機嫌とって金を取ってこい。

短い間。

アッシュ　なんなら俺が行って取ってこようか？
カール　やめて。親父はこのギャンブルの話は知らないんだ。俺が足を洗ったと思ってる。だめだ……親父が死んじまう。て言うより、俺が殺されちまう。アッシュ、あの人を愛してるんだ、自分の親父だもの。

アッシュ　俺がホロリとくるとでも？
カール　うん。ねえ……俺のこと気に入ってるだろう？
アッシュ　気に入ってるという言い方は適当じゃないな。
カール　お願いだよ……
アッシュ　できないな、カール。おしまいだ。金を取ってこい。
カール　お願いだ、そんなことさせないで。
アッシュ　わかった。俺が行く。
カール　だめだよ。ねえ、いいことがある。今夜プレイしたらどうだろう？　俺たちがここでやるポーカーでさ。みんなからきれいに巻き上げちゃったらいい。
アッシュ　巻き上げる？　ど素人のゲームでか？　なにをもらえるんだ？スマーティーキャンディ*ひと袋か？
カール　ここには金がある。金があるんだってば。誓うよ。奴らみんなあんたの敵じゃないよ。マグズィなんか一月前に三〇〇〇すったよ。時々ゲームが正気の沙汰じゃなくなる。みんなヤケになってさ……
アッシュ　四〇〇〇あるってのか？
カール　四〇〇〇はどうかなあ、たぶん三〇〇〇なら……
アッシュ　俺は四〇〇〇要るんだ。
カール　あるよ、四〇〇〇あるって、四〇〇〇。あんたの借金はいくら？

* スマーティーキャンディ（Smarties）はピーナッツ入りのチョコボールを色つきの飴でコーティングしたもの。

アッシュ　一万だ。

短い間。

カール　いくら持ってる？
アッシュ　五〇〇〇、それに、お前の言う「四〇〇〇」。
カール　（近づいて）お願いだよ。やろうよ……あんたはプロだろ……あっと言う間に巻き上げちゃうさ……

沈黙。

アッシュ　プレイするのは？
カール　俺だろ、マグズィ、スウィーニー……正気じゃない賭け方するんだ、パスができない、攻めるしか能のない奴。それから親父、頑固……勝てるときしか賭けないからたいしたことない。フランキー、こいつは結構やるよ。
アッシュ　どういう意味だ？
カール　ちょっとしたギャンブラーだ。張り合うのが好きだね。
アッシュ　で、強いのか？
カール　ポーカーはそうだね。でも、あんたの敵じゃないよ。ね、頼むよ。

間。アッシュはカールを見る。顔を近づける。携帯電話を取り出す。出ていく。カールはひとり食堂に残される。

厨房。

スウィーニーとフランキーが入ってくる。スウィーニーは航空券を持っている。

スウィーニー　で、どこに行くんだって？

スウィーニーは航空券を見て驚く。

フランキー　（航空券を取り上げて）ラスベガス、合衆国さ。ユー・エス・エイ。

スウィーニー　いつ？

フランキー　オープンチケットなんだ、近いうちにね、金が貯まったら、数カ月後ってとこ。

スウィーニー　なにしに？

フランキー　ポーカーさ……

スウィーニー　お前が？　ポーカーのプロに？

フランキー　ああ……悪いかい？

間。

スウィーニー　悪かない……でも、それってまさか、お前ここを……どうするんだ?……ここの生活全部。

フランキー ここになにがある?

スウィーニー ここか……そうだな、俺だろ……それにマグズィ……

フランキー お前、ベガスに来いよ、で、シーザーズパレスの五つ星スイートルームに俺を訪ねてきたらいい。女を用意してやるよ。

間。

スウィーニー 俺は今夜プレイするべきじゃないな。

フランキー するって言ったじゃないか……いや……したくなきゃしないでいいけど。

スウィーニー お前たちががっかりするようなことをしたくないんだよ。

フランキー ちょっとやってみてさ、どうなるか見れば。

スウィーニー 俺の金が欲しいか?

フランキー いや……ああ、欲しい。

間。

スウィーニー ところで、いくら貯めてんだ、フランク?

フランキー 二、三〇〇〇ってとこ。一回大勝ちすれば言うことなし。スウィーン、俺は行くよ、行かない手はない。航空券もあるんだからね、スウィーン、片道の航空券がね。ビジネスクラス。何年も自分に言ってきたんだ、俺はこのゴミ溜めから抜け出すんだって。

スウィーニー　ゴミ溜めって？

フランキー　この場所、ロンドン、イギリス、どこもかしこもさ。このあたりはスラム街だ。死んだような街だよ、スウィーン。

スウィーニー　じゃ、ベガスに行けよ。

食堂。

アッシュが入ってくる。

アッシュ　運がいいな、お前。

カール　どうも。

アッシュ　三時間だ、いいかそれっきりだぞ。だめだったら、お前の親父に俺がばらすからな。

カール　ありがとう。

アッシュ　なぜ俺を裏切った？

カール　そんなつもりじゃなかったんだよ。

アッシュ　カジノでお前が食った食事は？　貸した金は？　酒は？　夜遅くまで飲みやがって、タクシー代は？　お前にどれだけ時間をさいたか。プレイの仕方を教えてやったろう。お前の負け分を一年間肩代わりしてやった。お前を信頼したんだぞ……なのにこれがその報酬か……お前のポーカーは抑えがきかない、まともじゃないぞ。

カ ー ル　あんたはどうなのさ?

アッシュ　俺は違う、唯一俺が抑えがきかないのはこれさ。

彼は、タバコを一本手に持って見せる。

カ ー ル　ごめん、一本ちょうだい。

アッシュ　アホ!　自分で買え。

カ ー ル　ねえ、いいじゃないか、親父みたいなこと言わないでさあ。

アッシュ　俺はお前のパパとは違う、カール……お前のことなんかどうでもいいからな。

間。

カ ー ル　俺のこと……気に入ってると思ってたのに。

短い間。

アッシュ　別に。

間。

カ ー ル　じゃ、なんで……なんで俺をあんたたちのゲームに入れてくれたのさ?

アッシュ　大人のゲームのことか？
カール　うん。
アッシュ　お前がカモだからさ。ありがたやありがたや。
間。
カール　でもさ……俺のことが気に入ってないなら、なぜ今親父のとこへ行って金取らないのさ……どうしてさ？
アッシュ　哀れみだよ。
カール　あんたが俺を哀れんでるって？
アッシュ　バカ、お前の親父をだよ。
沈黙。
カール　なんて言ってあんたを紹介したらいいかな？
アッシュ　なんだって？
カール　だってさ、「この人アッシュ、プロのポーカープレーヤーなんだ。ゲームに参加してもらって、みんなの金巻き上げてもらっていいかな」なんて言えないよ。
アッシュ　好きなように言え、俺の知ったこっちゃない。
カール　あんたは俺の先生、いや、もと先生ってことにしよう。
アッシュ　どこのさ？

カール　学校。
アッシュ　あーめんどくせえな。
厨房。
マグズィが入ってくる。
マグズィ　スティーブン見た？
フランキー　いいや。
マグズィは出ていき食堂へ入る。
マグズィ　お前のパパは？
カール　さあ。
マグズィ　（アッシュに）すんません、問題ないっすか？
アッシュ　ないよ。
カール　マグズ、今夜アッシュもゲームに飛び入りで参加していいと思う？
マグズィ　さあ、お前のパパに聞けよ。あんたポーカーしない人かと思ったけど。
アッシュ　ちょっとだけ。今勉強中。
マグズィ　そっか、いずれ始めなきゃなんないもんな。俺たちが教えてやるよ。（カールに）お前のパパは下で準備してると思うんだ。俺からちょっと話があるって言ってくんないか?

カール　わかった。

マグズィ　マイルエンド万歳!

カール　(アッシュに)いいかな?

アッシュ　どうぞどうぞ。

カール　マグズ、親父と話すときはね、いくらかってのは言っちゃいけないからね、おおまかに話すんだ。親父とは慎重にことを運ばないと。いいね。

マグズィ　自分じゃ、ビジネスの阿吽《あうん》は心得ているつもりだけど。

カール　実際いくらになるかっていう金額を言わなきゃいいんだよ。

マグズィ　一〇〇〇ポンドのことか?

カール　そのとおり。もっと必要になるかもだろ、元手なんだからさ、柔軟に考えとかなきゃ、そうだろ?

マグズィ　柔軟にか、気に入った。

カールは出ていき厨房に入る。

スウィーニー　金はできたか、カール。

カール　いや。

カールは出ていく。

スウィーニー　なあ、フランキー、頼みがある。こいつの面倒みてくれないか？
フランキー　なに？

スウィーニーはフランキーに現金をいくらか渡す。

スウィーニー　五〇ポンドだ。俺がそいつに手を出さないようにしてくれ。
フランキー　了解。
スウィーニー　本気だぞ。ゲーム中、俺にそいつを持たせるなよ。
フランキー　了解。

食堂。

マグズィ　で、カールとはどこで知り合ったって言いましたっけ？
アッシュ　まだ言ってませんでしたね。昔……
マグズィ　え、なに？
アッシュ　いや、なんでも。
マグズィ　今言ったでしょ？　昔って……
アッシュ　昔、彼を教えてまして。
マグズィ　おお、そうかあ、で教科は？

短い間。

アッシュ　経済学を。

マグズィ　経済学か、便利な学問ですね。金がこの地球を回す、ていうかすべて回す、とかなんとか。そういえば、中世の時代、まだ地球が丸いって知らなかったころはさ、みんなどんなふうに言ったんでしょうね。「金*が地球を平らに引き伸ばす」とか言ったのかな?

アッシュ　かもな。

マグズィ　で、カールをどこで教えたのかな?　あいつ確かどっかの全寮制の学校に行ったっけ、ねえ?

アッシュ　ええ。

マグズィ　個人的な意見だけどさ、残酷だよねえ、自分の子供をオカマだらけの社会へ送り出すなんてさ。あ、ごめんね、悪気はないから。

アッシュ　もう教壇を離れたので。

マグズィ　そっかあ。今なにしてんですか?　あそこで使い込んだ携帯持ってるの見たよ、おたく実業家かな?

アッシュ　ええ。

マグズィ　どんな?

アッシュ　投資。

マグズィ　投資かあ。て実際なに、投資って?　つまりさ、投資ってのはどんなもんか知ってるんだけど……なにに投資してんのかな?

アッシュ　もう、いいかげんにしてくれないか。

＊原文はMoney makes the world go flat　go round（回す）に掛けてgo flat（伸ばす）と言った。

短い間。

マグズィ　ごめん。俺って確かに時々しゃべりすぎちゃうんですよね。

マグズィは出ていき厨房に入る。

マグズィ　臭いな、一見よさそうなんだが、うさん臭いな。
フランキー　鏡で自分の顔見てきたのか？
マグズィ　カールの奴、あの客を今夜のゲームに誘いやがった。
フランキー　なんだって？
マグズィ　マジで。探りを入れてみたんだけどね。
フランキー　ヘイヘイ、シャーロック・マグズィ。
マグズィ　いいか聞きたまえよ。奴のことはすべてわかった、しかして、我輩は君たちカモより優位に立ってるわけさ。
スウィーニー　で、どんな奴なんだ、ミス・マープル*？
マグズィ　おおむね大丈夫そうよ。でも、ちょっと変なとこあるかしらね。
フランキー　金は持ってんのか？
マグズィ　ああ、投資家だからね。
フランキー　なにに投資してる？
マグズィ　知らねえ。
フランキー　どんな感じの奴だ？

＊　アガサ・クリスティの推理小説に登場し、事件を解決する老婦人。

マグズィ　野郎って感じ。
フランキー　カモって感じか？
マグズィ　わからない。
スウィーニー　神通力[*]で人の心を読んでくれよ。奴はカモなのか？
マグズィ　わからない、カモってどんな奴を言うんだい？

スウィーニーとフランキーは笑う。

フランキー　（スウィーニーに）こうなるとお前はプレイしないでいいことになる……
スウィーニー　いや、やるさ。俺は大丈夫だ。
マグズィ　見てろよ、今夜。おたくら身ぐるみはがしてやっから。そんで、銀の大皿におたくらのタマ載せてやるよ。
フランキー　「マグズィのマイルエンドビストロ便所」の自慢の一品だな？
マグズィ　おもしろいこと言うねえ。せいぜい笑っときな。俺がおたくらのタマ平たくして財布に入れてやっからな。
フランキー　あ、四週間前にお前がやったみたいにか？
スウィーニー　それって、いつかの夜に起こったやつ？
フランキー　夜ねえ……いつだったっけ？
マグズィ　おい。
スウィーニー　忘れたなあ、ひょっとして？

＊　一〇ページ参照

フランキー　ひょっとしてさあ……いやあ、そんなことはないだろう……
スウィーニー　いや、たぶんそうだ……
マグズィ　やめてくれよ、口に出して言うのは……言っちゃいけないことってのは、誰も言っちゃいけないんだぞ。
フランキー　ええ？　とても口に出して言えないけど、あの夜君は三〇〇〇ポンドも我々の親愛なるオーナーに巻き上げられたって？
マグズィ　スティーブンがあんな手だったなんてなあ、まさかのまさか。今世紀最高の一手だったんだ……
スウィーニー　教えてくれよ、マグズ。
フランキー　気晴らしに頼むよ。
マグズィ　ホールデム*だった。最初の二枚がエースとエース、よっしゃ！　俺がディーラー。フロップする前にレイズだ、みんなはパス、スティーブンが俺に張り合ってレイズ。よっしゃ、かかった。悟られないように控えめにやるぞ。
フランキー　おお、うまい、先生と呼ばせてください。
マグズィ　最初の三枚はっていうと？　クイーン、クイーン、エースか、はっ、フロップだけでフルハウスじゃないか。フロップだけでおおもうけ。英国ジブラルタ銀行の土台をいただいたも同然だ！
スウィーニー・フランキー　おっしゃるとおり！
マグズィ　四枚目は、関係ない、チェックだ。

＊　以下、頻出するポーカー用語については、四～五ページの「ポーカールール概説」参照。

スウィーニー　天才だね。
マグズィ　最後のカードはなんだ？　ここで唯一見たくないカードは、この手を破る唯一のカードは。
スウィーニー　クイーンか。
フランキー　ああ、あそこでパスしておくべきだったんだ。
マグズィ　スティーブンがクイーンのフォーカードを完成してるなんてわからなかったんだ。
フランキー　見え見えじゃないか、奴はお前に一〇〇〇ポンドふっかけたんだぞ。ポーカーは人とやるんだ、カードとじゃない。お前は自分の手に酔ってたんだよ。
マグズィ　お前だったらそうならないのか？
フランキー　お前に運がなかったんだよ。
マグズィ　運がなかったって？　スティーブンが最後にクイーンを引く確立がどんなもんかわかってんのか？
フランキー　四十三対一。

短い間。

マグズィ　えー……そうだな、四十三対一、そのとおりだ。
スウィーニー　だから運がなかったんだって、マグズ、このせりふをあと何回聞きたい？

マグズィ　俺がこの負けの分を返すために何時間タダで残業やってるかわかってんの？　この三週間一日も休みなし。土曜の夜も働いて、休日も返上だよ。ママをディズニーランドに連れていくつもりだったのに。そのために貯めてたのにさ。

フランキー　なら、なおさら最後にコールするべきじゃなかったな。

マグズィ　エースを持ってるのにパスなんてできるもんか。

フランキー　しなきゃいかんときもあるって。

マグズィ　わかってるさ。スティーブン見てたらまずいってわかってたのに、でもコールしちまった。なぜかなあ？　なぜ俺はコールしちまったんだろうな？

フランキー　それはな、お前がカモのマグズだからだよ。

マグズィ　神様は不公平だぜ。

フランキー　ポーカーのゲームで公平さなんて期待してんのか？

マグズィ　今夜取り戻してやる、覚悟してな。

スウィーニー　三〇〇〇取り戻す気か？　木馬にくその仕方教える方が楽だ。

マグズィ　それにしてもスティーブンはどこ？　ビジネスの話があるんだけどな。

フランキー　たぶんまた、ゲーム用のテーブルクロスにアイロンかけてんだろ。クロスに皺《しわ》は禁物、とか言いながら……

スウィーニー　クロスに皺は禁物。

マグズィ　クロスに皺は禁物。

フランキー　おかしな奴だぜ。

スティーブンが入ってくる。

スティーブン　諸君。ゲームの時間だ。ポーカールームの用意ができたぞ。

マグズィ　やっと来たな、ウェセックス王*。

間。

スティーブン　ウェセックス王って、どこからそんなたとえが出るんだ？

間。

フランキー　（小声で）セックス王**。

間。スティーブンは微笑む。

スティーブン　やろうども、とっとと下へ行け。

フランキーとスウィーニーは出ていく。

マグズィ　さて、オーナー、ビジネスのお時間ですよ。

スティーブン　ちょっと待ってくれ、マグズ。

＊　原文はKing Canute　カヌート王（九九五？～一〇三五年）はイングランドを統治したデンマーク出身の王。

＊＊　原文はKing Cunt　Canute と Cunt の音遊び。

スティーブンは出ていき食堂へ入る。

スティーブン　息子が言うには、今夜我々とプレイしたいそうだが。
アッシュ　ええ、もしお邪魔じゃなければね。
スティーブン　歓迎するよ。

短い間。二人はお互いを見る。

スティーブン　すぐに、先ほどのウエイターが部屋に案内しますよ。

スティーブンは出ていき厨房へ入る。

マグズィ　さて、オーナー、ビジネスの話ですがな。この計画の鍵はね……柔軟な考えです。オーナーがヴィジョンを持った人間だと見込んでね、この計画でのオーナーの役割は黙って見守ってくれるパートナーとでもいうか、いや、もちろん口は出してくれていいっすよ、ま、顧問的立場ってやつでさ……それでいいですかね？
スティーブン　なあ、マグズ、言っておきたいんだが、思うにだ、俺の息子はだな、誰かが仕事の起業パートナーを探さなきゃならんってときに、おおよそ候補に名前があがってくるような奴じゃないんだ。
マグズィ　いやあ、息子さんのことなのに、よくそこまで冷静に見てますね。
スティーブン　マグズィ、お前をがっかりさせたくないんだが……

マグズィ　大丈夫ですって。そういう心配をするだろうなってことは予測ずみですよ、ここの客を持ってかれんじゃないかって心配なんでしょう？　経営者としては当然の心配ですな。そこで用意してます、取引きを、スティーブン……一晩おきにお互い営業するってのはどうです。

スティーブン　マグズィ、そんなことを言ってるんじゃないんだ……

マグズィ　それともスタッフのこと？　スウィーニーやフランキーを引き抜くんじゃないかって？　なるほど、これまたごもっともなご心配で。じゃ、こんなのどうです。仕事の分担計画を立てますから、そうして……

スティーブン　違うんだ、マグズ……

マグズィ　場所が気になるんですか？

スティーブン　そんなんじゃないんだ。

マグズィ　便所だからですか？

スティーブン　なんだって？

マグズィ　今ある物件が現在のところ公衆便所に使われてるからですかね？　でも、一度来て見てもらえればですね……

スティーブンは大笑いする。

マグズィ　え？

スティーブン　すまんすまん、マグズ。

彼はまた笑う。

マグズィ　カールは言わなかったんですか？

スティーブン　ああ、もちろんカールはそんなことは言わなかったよ。というより、あいつは、そのなーんでもない事実を俺との交渉の際省いたんだよ、マグズィ。どうしてだろうなあ？

スティーブンはまた笑う。

マグズィ　一体なにがそんなにおかしいのかな？

スティーブン　俺の息子と便所にレストランを開店したいんだって……これが笑わずにいられるか。

マグズィ　あんたはヴィジョンのある人だと思ってたのに。

スティーブン　ヴィジョンはあるぞ、だけど、それじゃ「公衆便所」ってのが食うところなのか出すところなのかわかんなくなっちまうな。

マグズィ　ちぇっ、その手の冗談にはもう飽きたよ。

スティーブン　いらっしゃいませ、お客様、いつもの個室になさいますか？てか。

マグズィ　アイデアとして受け止めてくれないかな、一秒でいいからさ、どうしてそう即座に……

スティーブン　わかったよ、すまん、マグズ。
マグズィ　俺はカモのマグズなんかじゃないんだ。俺は絶対カモなんかじゃない。
スティーブン　わかった、すまん。

短い間。

スティーブン　わかった、冗談はやめだ……なあ、カップルで来た場合、紳士淑女が別々に食事ってのはまずいだろう？

彼はまた笑う。

マグズィ　くそ、まじめに聞いてくれよ。あそこはやりかえるって言ってるじゃないか。便所のままなもんか。ここだってあんたが買う前はなんだったんだよ？
スティーブン　肉屋だ。
マグズィ　ほらあ、肉屋じゃない。でもね、「ソーセージ、一ポンド欲しいわ」って言いながらここに来る奴なんて見たことないよ。俺のレストランに来る客だって誰も食堂の床にくそなんかしないよ。立派にレストランになるって。
スティーブン　こりゃ一本とられたな。
マグズィ　オーナー、あんたは俺を馬鹿にしてるんだ。あんたが俺を雇ってるからって、あごで使ったりはできないよ。俺はあんたの息子でもなんでもないんだ。

スティーブン　なにが言いたいんだ？

マグズィ　レストランの経営なんてたいしたことないって言いたいのさ。

スティーブン　なあ、マグズ、聞け。笑ってすまなかった、本当だ。なあ、俺たちはうまくやってきただろう、お前と俺と、俺たちはいい信頼関係保ってきたじゃないか、お前は俺のかけがえのないスタッフなんだよ。

マグズィ　ああ、でも。

スティーブン　ああ、でも、なんだい？　本当だよ、お前は開店初日からここで働いている。客はお前のことが好きなんだよ。お前はなくてはならない存在なんだ。

マグズィ　俺はいいウエイターかい？

スティーブン　最高さ、俺のナンバーワンウエイターさ。

マグズィ　それがなんになる。俺の給料は他の奴らと変わらないじゃない。俺は朝から晩まであんたのために働いて、精根尽き果ててさ。

スティーブン　なぜかわかってるだろう。マグズ、お前はね、家族……いや、俺たちは家族以上の付き合いだ。

マグズィ　おっしゃるとおり、つまり、あんたは俺を失いたくないんだ、だから、俺のビジネスの手助けをしたがらない、ハラの内じゃそんなこと考えてんだよ。ハラの奥底にある考えなもんだから、自分じゃわかんないんだろうけど、オーナー、俺はあんたを知ってるからね。俺には読めるんだよ。俺はそう思うね。

スティーブン　そうか、それがお前の思ってることか。

マグズィ　あんたは俺を思いとどまらせたいんだ。

スティーブン　そうか、お前が思いたいように思ってくれ、でも俺は真相はこうだと思う。お前は怒ってるんだよ、お前はポーカーでの負けを返すために残業して、精魂尽き果てて働いてるからね、そしてお前にはそうするしか返す方法がないから……

マグズィ　違う……

スティーブン　終わりまで言わせてくれ。で、お前はそれを屈辱に思うわけだ……しかし、他にどうしようもないんだよ、俺はお前の負けをチャラにするわけにはいかないんだ。

マグズィ　あんたは俺より*いい手を作った。

スティーブン　そうだ。すまんな、運が悪かったな。ただそれだけのことだ。

マグズィ　ああ、でも俺だけがそれで苦しんでる。

スティーブン　お前は負けたんだよ、マグズ、負ければ苦しいさ。

間。

スティーブン　それにお前がやりたがってるレストランな……リアルじゃないよ、

＊　原文は outdraw　カードを引くこと（draw）に成功するの意で、相手よりも良い手を作ること。

マグズィ　マグズ……レストランをやるってのはものすごいリスクが伴うものなんだ、十のうち九はアウトだ。お前はこの業界をなにもわかっちゃいない。仕入先とのやりとり、納税申告、雇用規則……

スティーブン　勉強できるさ、あんただってそうしたんだろ。

マグズィ　そうさできるさ、でも難しい。

スティーブン　できるさ。

マグズィ　誰もできないなんて言ってない。

スティーブン　でもそう思ってるだろ、俺にはできないって。

俺は……お前はやる仕事はきっちりやるって思うよ。それからこうも思うな。お前は本当は、心の底では、レストランなんかやりたかないんだって。レストランをやるってことを恐がってると思うな。恐がってる自分に幻滅してるとも思う。マグズ、俺を信じろ。自分に幻滅するってことは俺にもよくわかるよ。

間。

マグズィ　そうか、そんなふうに思ってるんだ。

スティーブン　ああ、そう思うよ。

短い間。

マグズィ　俺は……

スティーブン　大丈夫か？
マグズィ　ああ、大丈夫だ。
スティーブン　じゃ、俺は下へ行くぞ。大丈夫か。
マグズィ　ああ、大丈夫だって！

スティーブンは出口の方を向く。

スティーブン　マグズィ……あの客人を下へ連れてきてくれ、頼むな。
マグズィ　ああ。

スティーブンは出ていく。マグズィは一人厨房に座っている。彼はシャツを脱ぎ鮮やかな色のアロハシャツを鞄から取り出し着る、そして、はじめにつけていた新しいネクタイをつける。フランキーが入ってくる。

フランキー　どうだった？
マグズィ　興味持ったぜ……絶対興味持った。今、検討中だけど、でも興味持ってるな。
フランキー　よかったじゃないか。

短い間。

フランキー　降りてこないのか？
マグズィ　ああ行く。なあ、俺はカモのマグズかな？

フランキー　なに言ってんだよ、違うよ。

彼は、トランプの箱を厨房のテーブルから取る。

フランキー　来いよ、始めるぞ。
マグズィ　ああ。

フランキーは出ていく。マグズィは出ていき食堂へ入る。

マグズィ　始まりますよ。
アッシュ　わかった。いいシャツだね。
マグズィ　ありがとう……ポーカーのとき着るラッキーシャツなんだ。

彼はアッシュを先導して食堂から出て、厨房に通す。

マグズィ　こっちですよ……

彼は出口で立ち止まる。

マグズィ　あなた、投資関係の仕事ですよね。
アッシュ　（袖から）ああ。
マグズィ　マイルエンド通りご存じ？

第3幕

Act3

第一場

地下室。

深夜。

この部屋の雰囲気は、一幕や二幕におけるしゃれた雰囲気とは明らかに違うものでなければならない。使い古された冷蔵庫、スティーブンの机。その上にコンピュータやフレームに入れられた五歳のカールの写真、ファイリングキャビネット、ビール瓶用の空の木枠など。

ゲームが進行中。プレーヤーは緑色のポーカー用クロスの掛けられたテーブルを囲んで座っている。一時の方向にアッシュ、三時にカール、五時にスウィーニー、七時にフランキー、九時にマグズィ、そして十一時にスティーブン。

アッシュがカードを配ったところである。彼らは「オマハ」*をしている。それぞれ手には四枚のカードを持っている。最初の賭けのラウンドである。

カール　コール。**（二ポンド分のチップをテーブルに置く）
スウィーニー　ようがすよ。（同じ動作）

* オマハ（Omaha）については「ポーカールール概説」参照。ホールデム（一〇四ページ参照）との違いは、最初にプレーヤーには四枚配られるということと、手を作る場合、この四枚のうちの二枚を必ず使わなければならないということである。
** 「ポーカールール概説」参照。

フランキー　コール。（以下、もろもろの動作あり）
マグズィ　コールっと。
スティーブン　オーケー。
アッシュ　さらに一〇をレイズ*。
カール　だめだ。（自分のカードをテーブルの真ん中に差し出す）
スウィーニー　ウッス。
フランキー　コール。
マグズィ　コールしてよかろう**。
フランキー　傾いてきたな、やけくそモード***に。
マグズィ　傾いてなんかないさ。
フランキー　じゃあ倒れちまって****んだな。
マグズィ　そう言うなら、さらにレイズ、額はトニーの妊娠してる妹。
スティーブン　なに？
マグズィ　一五ってことよ、皆の衆。

笑い。

スティーブン　（ネクタイに言及して）その変なのをはずせって言ったはずだが。
マグズィ　あんたの独裁権は二時間前に終了。ポーカールール発動中。ネクタイははずさないよ。あんたの番だ、スティービー坊や。
スティーブン　その呼び方はやめろ。パスだ。

* 「ポーカールール概説」参照。
** 原文は Calling for the value おそらくポーカーのスラングであろうが、意味は不明。「コールしてもいいだろう」程度の表現であろうか。
*** 原文は You tilty bastard. tilty や on tilt は「ポーカーでティルトモード（冷静でない状態）になること」。
**** 原文は You're horizontal. 水平、つまり垂直から九〇度傾いた状態。平静さを完全に失った様子のこと。

マグズィ*はコッコッコとニワトリのように鳴く。

マグズィ　だらしないな、スティービー坊や、一生に一回くらい賭けってものをやってみてよ。この堅物。

スティーブン　これはポーカーだ、マグズィ、宝くじじゃない。

マグズィ　冒険のないポーカーは、オルガスムなしのセックスと同じなり。

フランキー　お前になにがわかるんだよ？　この前マグズィがオルガスム感じたけど、そのときなにが出た……大負けして埃しか出なかったろ。

マグズィ　今夜負けるのは君かもよ、フランシス君。

フランキー　黙れ。

スティーブン　諸君、今夜はゲストがいらっしゃることを忘れないように。

アッシュ　一五、コール。

スウィーニー　ウッス。

フランキー　コール。フロップ**してくれ。

アッシュはフロップする、つまり、テーブルの上の三枚の「共通」カードを表にする。

アッシュ　スペードのジャック、スペードの7、ダイヤの10。

マグズィ　ディーヤモンド！（ダイヤが出るたびに彼が叫ぶ決まりせりふ）

スウィーニー　五〇ポンド。

*　六九ページ参照

**　「ポーカールール概説」参照。

フランキー　コール。
マグズィ　飛んで火にいるなんとかだぜ、いいカッコしいのスウィーニー、残念ながら、あんたのケツに一発おみまいだな。あんたは五〇、俺はさらに一〇〇ポンドレイズだ。
スウィーニー　コールして欲しいか、マグズ？
マグズィ　できれば二人に。
フランキー　ストレートでもできそうなのか？
マグズィ　お前のスリーカードよりはできそうだね、負け犬め。
アッシュ　じゃあ、私はレイズします……三〇〇。

笑い。

スウィーニー　パス。
フランキー　パス。バイバイ、マグズィ。
マグズィ　三〇〇？
フランキー　三〇〇だ。
マグズィ　三〇〇？
アッシュ　三〇〇だ。
スウィーニー　三〇〇だっての！
カ　ー　ル　パスしろ、マグズィ。
フランキー　見事なポーカーフェイスだな。

マグズィ　黙れ、考えてんだから。
スウィーニー　見え見えだぜ。脳みそが汗かいてやがる。かきすぎてケツの穴から ぽたぽた落ちてんだろ、おい。
マグズィ　うるさい。フロップの前に誰がレイズした?
全　員　お前だよ。
笑い。
マグズィ　客人はスペードの8と9を持ってやがるんだ。くそ、コールできねえ。*
スティーブン　パスするのか、マグズ?
マグズィ　まさか。
スティーブン　早く決めろよ、チェスじゃないんだからな。
マグズィ　わかってるよ、けど、あんた絶対ハーバート・O・ヤードレイ読んでないな。「ポーカーは金を賭けたチェスである」。**
スティーブン　やり方は別だろ。
マグズィ　今日は?
スウィーニー　なに言ってんだよ、日曜だよ。
スティーブン　もう月曜だ。
マグズィ　違う、何日だって聞いてんだよ。
カール　九日。

* マグズィは、三枚の共通カードから予想して、アッシュがスペードの7、8、9、10、Jのストレートフラッシュを狙っていると読んでいる。

** ハーバート・O・ヤードレイ（一八八九〜一九五八年）は第一次世界大戦から戦後にかけて活躍したアメリカの暗号解読者。*The Education of a Poker Player*（一九五七年）を著した。

マグズィ　奇数か、よし……いや、待て待て……賭け金は全部でいくらだ？*
カ　ー　ル　約五〇〇。
フランキー　ほーらマグズ、お前の「便所」の半分が買える金だ。
笑い。
スティーブン　実際は、フランキー、便所の六分の一だがな。昔からお前は計算にあまり強くなかったが……
カ　ー　ル　パスしろ、マグズィ。
スウィーニー　早く決めろよ、カモのマグズ。俺、ひげが伸びてきたぞ。
マグズィ　うるさいな、賭け金が大きいんだから、黙ってろよ。スペードの8と9。あいつはスペードの8と9を持ってる……この勝負に俺の名誉を賭けてやる。
アッシュ　お金の方がいいんだけど。
間。
マグズィ　コールだ。
スティーブン　張り合う気だな。
マグズィ　奴のハッタリさ。
フランキー　ばーか。
アッシュ　いいですか？

＊　原文は、How much is in the pot?　pot はテーブル中央に置かれた賭け金。

マグズィ　おうよ。

アッシュはもう一枚のカードを表にする。

アッシュ　ダイヤの4。
マグズィ　ディーヤモンドか。
アッシュ　あなたの番です。
マグズィ　一〇〇と四六、すべてだ。
アッシュ　コール。
マグズィ　くそ！
フランキー　だから、スペードの8と9を持ってるんだって。
マグズィ　そこがお前の間違ったところだ。俺がコールした理由はだな、客人がスペードの8と9を持ってるっていう予感があってゾクっとした。でも俺はその予感を信じなかった。最近風邪ぎみだからな。
スティーブン　さあ、見せろよ。

マグズィとアッシュは自分のカードをめくる。笑い。

マグズィ　うそだろ、なんでだよ。スペードの8と9だなんて。（アッシュに）*スペードなんか出すなよ、スペードを出すんじゃねえぞ。出すな、出すなよ、スペードなんか出すんじゃねえぞ！　くそ、見られねえ……フランキー、なにが出るか俺に教えてくれ。

＊　アッシュはディーラーなので五枚目（最後）の共通カードをめくる。

マグズィは顔を背ける。アッシュはカードを一枚めくる。

マグズィ　(ほっとして) この野郎。

フランキー　あ、ごめん、間違った、クラブの10だ、引き分けだな。

マグズィ　くそ、くそ、くそ、くそ、くそ、くそ、くそ。

フランキー　スペードの10だ……最悪だな、マグズ。

笑い。

フランキー　光のかげんでさ、わりい。

スティーブン　じゃ、引き分けな。半分ずつと。

マグズィ　冗談じゃねえぞ、今俺の一生が走馬灯のように駆け巡ったぞ。

フランキー　いい人生だったか？

マグズィ　いや、お前が出てきやがった。

スティーブン　次やろうか。

マグズィ　(アッシュに) すまなかったね。とり乱しちまった、ほんのちょっとだけど。

笑い。

アッシュ　フルハウスだと思うんだけど。

笑いが止まる。

スティーブン　どこが？

アッシュ　ほら、共通*カードでペアができてる。10のペアとジャックで。

カール　ほんとだ……

アッシュ　すまんね、兄さん。

アッシュはチップをかき集める。

マグズィ　くそ、見てなかった。くそ、くそ、あほ、馬鹿、間抜け、くそ、畜生！

スティーブン　運が悪かったな、マグズ。

マグズィ　五〇〇ポンドすっちまった。

フランキー　まだ始まったばかりだ。

マグズィ　カール、この人つええってなんで言わなかった……あーあ、全部取られちゃったじゃん。

アッシュ　ビギナーズラックですよ。

スティーブン　もう一回だ。カール、お前がディーラーだ。

カール　リクエストはある？

マグズィ　ああ、俺に勝たせてくれ、頼む。

スウィーニー　リクエストって言ったんだ、奇跡って言ってないぜ。

＊　アッシュが持っていたのはJ二枚とスペードの8、9である。共通カードはダイアの4、スペードの7、クラブの10、ダイアの10、スペードのJである。このうちアッシュは二枚の10と一枚のJを自分の手持ちの二枚のJと合わせてフルハウスを作った（オマハのルールでは四枚の手持ちのカードのうち二枚を必ず使い、共通カードから三枚選べる）。マグズィたちはアッシュが手持ちのカードにスペードの8と9を見せていたので、スペードの10を待ってストレートフラッシュ（スペードの7、8、9、10、J）を狙っていると勘違いした。

マグズィ　で、あんたは勝ってんの、スウィーン？
スウィーニー　誰も勝ってないさ、客人以外。
カール　*ドローポーカーでいくよ。ジャック・オア・ベターね。

＊　原文は Five-card draw, jacks or better.

第二場

しばらくして。

スウィーニー　（「踊り明かそう」*のメロディーに合わせて歌っている）今夜はいい手が来ない、今夜はいい手が来ない、今夜はいい手が来ない、今夜はいい手が来ない、さあ、みんな、これに負けたら俺は帰るからな。

マグズィ　あっそ、じゃあな。ポーカーの犠牲者専用の病院は通り沿いにありまあす。

スティーブン　病院へはマグズィがご案内だ。

スウィーニー　この一回でやめだ。

マグズィ　次は「マグズィの悪夢」、いくよ。

スティーブン　俺は抜けた。

マグズィ　（アッシュに）スティーブンは「マグズィの悪夢」がきらいでね。

スティーブン　俺はポーカーをやりたいんだ、ルーレットみたいなゲームはやめてくれ。

＊「踊り明かそう」（'I Could Have Danced All Night'）は映画「マイ・フェア・レディ」（一九六四年）の挿入歌。

フランキー　スティーブン、あんたはポーカーをやりたいんじゃないよ。勝ちたいんだよ。

スティーブン　わかったわかった、フロイト先生。さあ、マグズィ、大人のゲームにしてくれないか。

マグズィ　ディーラーズ・チョイスだろ。俺がディーラーなんだから、俺のやりたいのをやる。

スウィーニー　早く配れよ。

マグズィは各プレーヤーに二枚ずつ配り始める。

マグズィ　やめとく？

スティーブン　ああ、やめとく。

マグズィ　ううう。

スウィーニー　このバカげたゲームのルール、どんなのだっけ？　誰かもう一回教えて。

マグズィ　ファイブカードスタッド。ハイ・ロー・ゲーム。二枚が裏、三枚が表。おばさん、4、それに片目のジャック*はワイルドカード、カードスピークで、ローハンドにはエイト・オア・ベター。ウィール・ゴーで、キングは自滅カード、これが出たら自動的にアウト。

スティーブン　そりゃあ、ポーカーじゃねえ。天才にビンゴさせるようなもんだ。

＊　一般的に「片目のジャック」は顔が横を向いているスペードとハートのジャックを指す。ちなみに、クイーンに「片目」はなく、キングではダイヤのみが「片目」である。

ゲーム作った野郎が野郎だからな……突然変異の化けもんってとこか。

マグズィ　だからやめとけって、女々しいねえ。

スティーブン　ああ、やらないよ、この便所フェチ。

マグズィ　アッシュは？

アッシュ　パス。

スティーブン　賢明だな。

カール　コールだ、二ポンド。

マグズィ　いい子だ。

スウィーニー　コールだ。

フランキー　（乗り気じゃなく）しょうがねえな。

マグズィ　ディーラーのマグズィ様はレイズなしだ。

彼はカードをカール、スウィーニー、フランキー、そして自分に一枚ずつ表にして配る。

マグズィ　クラブの3、クラブの両目のジャック、ダイヤの6、そしてダイヤの10だ。ダブルディーヤモンドだ。ジャックがスピークする。

スウィーニー　じゃ俺から。八ポンド。

フランキー　じゃ俺も。

マグズィ　*おデブのレズ一人入りまーす。

* 原文は One fat lezza going in. 番号を人にたとえて呼ぶのはビンゴゲームの特徴である。「8」が太った女性の体型に似ていることから、「88」は二人の太ったレズビアンにたとえられる（two fat ladies 転じて two fat lezzies）。マグズィは八ポンドを one fat lezza と冗談めかして言っている。

スウィーニー　なに?
マグズィ　八ポンドだよーん。
スウィーニー　じゃ、そう言えよ。
マグズィ　ううう。
カール　八ポンドでコール。

マグズィはカール、スウィーニー、フランキー、そして自分にもう一枚ずつカードを表にして配る。

マグズィ　ハートの9はローカード、クラブの5フラッシュの予感、スペードの7ストレートかな、ハートのクイーンはワイルドカード。賭け金は一〇ずつ。ってことは?
フランキー　四〇だ。
マグズィ　おお、中年の危機、四十歳。
カール　パス。
スウィーニー　コールだ。
フランキー　ウッス。スティーブン、あんた何歳?
スティーブン　思い出せん。
フランキー　中年の危機を楽しんでるかーい?
スティーブン　おかげさんでね。お前がここで働き始めたときに始まったんだけどな。

スウィーニー　ゲームができないじゃないか、頼むよ。
マグズィ　俺たちはできるよ、あんたは知らないけど。

彼はスウィーニーに表向きのカードを一枚配る。

マグズィ　クラブの8、まだ狙えるな……

次にフランキー。

マグズィ　ハートのキング……ご愁傷様、あーあ。
フランキー　え？　なにが？
マグズィ　自滅のキングだ、自動的にお前はアウト。
フランキー　自滅？
マグズィ　バイバイ。
フランキー　お前そんなこと……
全　員　言いました。

短い間。

フランキー　きったねえ、せこいゲームだな。
スティーブン　だから言っただろ。
フランキー　くっだらねえ茶番だぜ。
スウィーニー　すまないが、うるせえんだよ！

マグズィ　シーッ、シーッ、みんな、スウィーンががんばってるからさ、静かに、静かにー。
スウィーニー　配れ、マグズ。
マグズィ　（自分に表向きの最後の一枚を配る）ハートの4だ。チェック。
間。
スウィーニー　（フランキーに）あの五〇ポンドあるな？
間。
スウィーニー　フランク……あの五〇よこせ。
フランキーはスウィーニーに五〇ポンドの現金を渡す。
スウィーニー　お手並み拝見だ、マグズィ。五〇にプラス四〇……七……全部で九七だ。
マグズィ　コール。
スウィーニー　なに持ってる、マグズ？
マグズィ　10が五枚。
間。
スウィーニー　なに言ってやがる、どうやったら「10が五枚」になるんだよ。一セットには四枚しかねえだろうが、それに俺、10を一枚持ってるぞ。

マグズィ　クイーンと4をボックスに持ってるんだな、ボクちゃん、ワイルドカード四枚ってこと。

マグズィは自分のカードを表にして見せる。

短い間。

スウィーニー　お前の勝ちだ。

マグズィ　イエス！　あんたがもっと金持ってりゃなあ、スウィーン、あんたがんばったな、でもニシンみたいに料理されちまった、あーあ。今夜は俺の夜だ、言っただろう、マグズィが帰ってきたぞ、カモのマグズ様カムバックだ。

フランキー　じゃ、今日は勝ってんのか？

マグズィ　いいや、でも、上り調子だ。スウィーン、手はなんだったんだ？

スウィーニー　フラッシュ。

フランキー　フラッシュでコールするかな。

スウィーニー　したんだよ、仕方ないだろ。

フランキー　で、すっちまった。

スウィーニー　ああ、悪いか。

フランキー　よけいなお世話かな。

スウィーニー　今日は勝ってんのか？
フランキー　いや、でも……
スウィーニー　じゃあな、玄人よろしくつべこべ言うな、ラスベガスさんよ。
スティーブン　痴話喧嘩は終わったか？　フランキー、お前がディーラーだ。

スウィーニーは立ち上がる。

スティーブン　ああ。
スウィーニー　スティーブン、ビール一本いいかな？
フランキー　セブンスタッド、ハイ・ローで。
スウィーニー　外れるよ。

スウィーニーは冷蔵庫の方へ進み、ビールに手を伸ばすがやめる。フランキーはカードを配り始める。

スウィーニー　（歌う）今夜はいい手が来ない、今夜はいい手が来ない、今夜はいい手が来ない、今夜は……
スティーブン　スウィーニー。
スウィーニー　なんでしょう？
スティーブン　ゲーム中だ……
スウィーニー　ごめん、ごめん。
フランキー　（マグズィに）ベットして。

スウィーニー　今夜はいい手が来ない、今夜はいい手が来ない、今夜はいい手が来ない、今夜はいい手が来ない……

スティーブン　スウィーニー。

スウィーニー　なんでしょうか、殿下。

スティーブン　ハウスルールは知ってるだろ、スウィーニー、ゲームを外れているときは部屋にいないようにする。

スウィーニー　ごめん、忘れてた。

フランキー　マグズ、お前の番だって。

スウィーニー　今夜はいい手が来ない！　今夜はいい手が来ない！　今夜はいい手が来やがらねえ！

スティーブン　ゲームを外れているときは部屋にいないようにする。ハウスルールだって言ってるだろ。

スウィーニー　それがなんなのさ、スティーブン、それが一体なんなのさ？

スティーブン　なんなのって、スウィーニー、ルールはルールだろう。

スウィーニー　それってあんたのルールだろう、スティーブン、そんなルール誰も屁とも思ってない。「禁煙」だなんて……そんな馬鹿なポーカーありかよ。ゲーム中も、このちんけなコースターを使わないならビールは飲むなときた。おい……アッシュ、このテーブルクロス見てみなよ、この大げさなやつをさ、スティーブンはいつも日曜日の夜に家に持ち帰るんだ、ご丁寧にな、そんでアイロンかけてるんだ、アイロンだぞ、こいつの……

彼は涙ぐむ。

スウィーニー　こいつのコンピュータには、一体なにが入ってると思う？　収支記録？　請求書？　違うね。俺たちとやったゲームの記録を全部入れてるんだ。色つきのグラフとかチャート図とかいっぱい使ってさ。こいつポーカーやるために生きてんだよ。こいつはさ、はるか六年前のイースターの日曜日のことだって、誰が勝って、どんな手だったか言えるんだ。

スティーブン　ああ、言えるよ、で、お前は負けたんだ。今夜プレイするってお前が決めたんだろ、スウィーニー、自己嫌悪に陥るのはわかるが、それを俺たちにぶつけるなよ。

スウィーニー　スティーブン、あんたはろくでなしだ、どうしようもなく退屈な奴だ。

スティーブン　おやすみ。

スウィーニー　あんた、どこかおかしいんじゃないか？

スティーブン　いたって正常だ。俺はただ日曜日の夜に、静かにポーカーをやりたいだけだ。自分かわいさにギャーギャー後ろで騒ぐお前がいなけりゃいいのになあって思ってさ。コール。

アッシュ　コール。

カ　ー　ル　コール。
スウィーニー　なあ、フランキー、帰ろう……
フランキー　（立ち上がって）家まで送った方がよさそうだ。
スティーブン　お前の番だぞ、フランキー。

間。

フランキー　（スウィーニーに）大丈夫か？*　その……

間。

スウィーニー　構わんよ、お前は残れ。
フランキー　ありがとう……俺が親だしな、すまんな。

フランキーは腰掛ける。

スウィーニー　じゃあな、みんな。
マグズィ　じゃあな、スウィーン。
カ　ー　ル　おやすみ、スウィーン。
スウィーニー　楽しかったよアッシュ、こいつらからねこそぎ巻き上げちゃってくれよ。またな、スティーブン。
スティーブン　スウィーニー、明日入場料なしの場所をルイーズとなんとか探せるか？　テートギャラリー**なんかどうだ……ルイーズはジャコメ***

* 原文は You OK? I mean … I mean の後はおそらく Do you mind my staying? などが続くであろう。

** ロンドンにある国立美術館。近代英国絵画のコレクションが充実している。

*** ジャコメッティ（一九〇一～一九六六年）はスイスの彫刻家。シュルレアリズム運動に参加した。

ッティなんか好きかな？

短い間。

スティーブン　なにはさておき火曜に会おう。ランチでもどうだ、スウィーニー？

スウィーニー　（涙ぐんで）ああ。

スティーブン　ほら……五〇ポンド……残業代だよ。

彼は、五〇ポンド紙幣を持った手を掲げてみせる。

スウィーニー　（その紙幣をつかんで）すまん。

フランキー　スウィーン……

スウィーニー　大丈夫だ。

スウィーニーは出ていく。

短い間。

アッシュ　あんたの番だ。

フランキー　ああ。

カール　エイト・オア・ベター？

フランキー　そうだ。

マグズィ　ウィール・ゴー？

フランキー　そうだ。
スティーブン　デクレアゲームか？
フランキー　カードスピークだ。レイズするよ。

第三場

しばらくして。

アッシュとスティーブンは席を外しており、舞台にはいない。

マグズィ　で、レストランのことを正確には一体なんてスティーブンに話したんだ、カール？

カール　ごめんよ、マグズ、がんばったんだけどさ、ぜんぜん聞いてくれなかったんだ。

アッシュの携帯電話が鳴り出す。

フランキー　これはこれは。

フランキーはアッシュのコートのポケットから携帯電話を取り出す。電話は鳴り続ける。

カール　やめろよ、フランキー。

フランキー　いいじゃん。大事な用件かもよ。

カール　あんたの携帯じゃないだろう。
フランキー　あのなあ、女みたいなこと言うなよ、カール。
マグズィ　出ちゃえ出ちゃえ。
カール　あんたの携帯じゃないだろう。
マグズィ　なんかあったんじゃないかな。急用だよ、たぶん。
フランキー　ああ、呼び出し食らって、このまま勝ち逃げってことになるかも……

フランキーがカールに電話を渡すと、スティーブンがウイスキーの瓶を持って入ってくる。

スティーブン　アッシュは食堂でもそれを持っていたのか？
マグズィ　ええ。

電話が鳴りやむ。

スティーブン　店で鳴らなかったことを願うよ、メニューにはっきりと「携帯電話は他のお客様のご迷惑になります」[*] って書いてあるんだからな。
フランキー　え、他に客なんていました？
スティーブン　言うねえ、フランキー。アッシュはどこに行った？
カール　タバコ。外にいるよ。
マグズィ　ポーカーやるならタバコ吸わなきゃ、カール。

＊　原文は No Mobile Phones.

フランキー　お前吸わないじゃん。

短い間。

マグズィ　ああ……まあ……もし俺が吸うならそう言うだろうなってこと。

フランキー　タバコ吸わないのか、カール。カールトン*なんかどうだ？

カ　ー　ル　俺？　吸わないよー。

フランキー　これもパパの言いなりか？

スティーブン　体に悪いからってことじゃないか？　フランキー、お前は自由に吸ってくれよ……外でな。ただ、前から思ってたんだが、タバコってのは人を見分けるのにいい。生きたい奴と、死にたい奴をね。

マグズィ　そのとおり。

フランキー　裏切り者**！

マグズィ　ごめんよ、ただ、さ、俺、お前が俺の自転車のサドルバックの中にポイポイ吸殻捨てるんで頭にきてるんだよね。

フランキー　（スティーブンに）あんたが日に六十本吸ってたなんて信じられないな。

スティーブン　四十本だ。お前のお友達の「先生」は結構やるな、カール……ツイてるだけだよ、ほんと。

カ　ー　ル　（チップをもてあそびながら）俺が懲らしめてやろう。

フランキー　ほう、言うねえ。お前、どのくらい教わったんだ？

スティーブン

＊　カールトン（Carlton）はタバコの銘柄。カールの名前に掛けている。

＊＊　原文はJudas（ユダ）。

カール　二年間。
スティーブン　おかしいな、俺は会ったこともないが……
カール　たぶん父さんが僕に会いにこなかったからじゃないの。
スティーブン　行ったさ。
カール　二回ね、五年間で。

彼は冷蔵庫の方へ行く。

カール　ビールいる人？　フランキーは？
フランキー　ああ、ありがとう。
スティーブン　お前なにを教わったって言ったっけ？
カール　まだ言ってないよ。
スティーブン　なにを教わったんだ？
カール　一般科目さ。マグズは？
マグズィ　ファンタはあるかな？
カール　うん、先週あんたの飲んでた気の抜けたやつがあるよ。
マグズィ　よし、それを持ってこい。先週勝ったからな、その缶には運がついてるはずだ。

カールはマグズィにその缶を渡す。

マグズィ　経済学じゃなかったっけ？

カール　一般科目のひとつでね。

スティーブン　ほう、謎*は謎を呼ぶだな。

マグズィ　スウィーンは大丈夫かな？

フランキー　ああ、ちょっと酔っ払ってたんだよ、それだけだ。

スティーブン　飲み慣れない上等のクラレットだったからな。

フランキー　持ってけ……フェイギン**。

彼は、八〇ポンド分のチップをスティーブンに放り投げる。

スティーブン　ありがとよ、ドジャー***。そうだな、支払いが早かったから少しディスカウントしてやるよ。

彼は五ポンド分のチップをフランキーに放る。

フランキー　従業員割引は一〇パーセントじゃないの？

スティーブン　お前がこれからもここで働くならそうしてやるよ、フランキー。

フランキー　それはわからん。

アッシュが入ってくる。

マグズィ　おいおい、客人、あんたの携帯が鳴ったぜ。ああ、大丈夫だ、俺たちがメッセージを聞いておいてやったから。「金をよこせ、さもなきゃ子供が危ねえぞ」。

* 原文はCuriouser and curiouser. ルイス・キャロルの『不思議の国のアリス』（一八六五年）でアリスが思わず言った言葉。

** フェイギンはチャールズ・ディケンズの『オリバー・ツイスト』（一八三九年）に登場するコソ泥の元締め。

*** ドジャーはフェイギンの下で働くスリの少年。「いかさま師」の代名詞にもなっている。

間。

カール　鳴りっぱなしにしておいたよ。

アッシュは腰掛ける。

アッシュ　よし。ホールデム。

彼は各プレーヤーに二枚のカードを裏向きに配り始める。

スティーブン　俺の見込*んだとおりの人だ。

マグズィ　おい、フランキー、忘れてた。あの娘《こ》はどんなだったんだ？

フランキー　あの娘？

マグズィ　夕べの娘だよ。

フランキー　よけいなお世話。

カール　コール。

スティーブン　お前のどこがいいんだろうな？　理解に苦しむよ。

フランキー　荒削りなところ、なんちゃって。コール。

マグズィ　荒削りのディーヤモンドと。コール。

フランキー　夕べのスティーブンを見せたかったよ、クンクン嗅ぎまわってたんだぜ。

スティーブン　なに言ってんだ、俺はクンクンなんてやってないぞ。あの娘が一

* 原文は a man after my heart「めがねにかなった」の意味。アッシュがホールデムを選択したのでこう言っている。

アッシュ　九七五年のミス・アルバニアに似てたから、ちょっと気になったんだ。コール。

アッシュ　レイズはしない。フロップするよ。

アッシュは三枚のカードを表にする。

フランキー　スティービー坊やは女が嫌いなんだよ、アッシュ、できたらまわりにムキムキの男たちをはべらせたいんだと。すべての発端は坊やが夢中になってたいちかばちかのポーカーゲーム。一人の女に入れ込んだあげく負けちまって、収入の半分を持っていかれてゲーム終了……離婚。おたく、こんなゲームの経験は？

アッシュ　ええ、でも私は勝ちましたけどね。

フランキー　して、その結果は？　なにを勝ち得た？

アッシュ　自由。フロップはクラブのエース、クラブの4、ダイヤの7。

マグズィ　ディーヤモンドか。

カール　チェック。

フランキー　でね、それ以来この人なっちゃったの、ちょっと、その……

スティーブン　おいフランキー、ご丁寧な解説どうも。お前が言いたいのは……

フランキー　俺が言う。「オンナ恐怖症*」だろ。

スティーブン　そうしておいてやるか。

アッシュ　あんたの番だ。

* 原文は misogynist

フランキー　チェック。
スティーブン　で、どんな字かくんだ、その「オンナ恐怖症」ってのは？
短い間。
スティーブン　答えは、コマーシャルの後で。*
フランキー　待てよ、待てって。オカマの「オ」にだな……**
スティーブン　はい時間切れー。
アッシュ　あんたの番だ。
マグズィ　俺？　チェック。
スティーブン　チェック。
アッシュ　(次のカードをめくる)ダイヤの8。
マグズィ　ディーヤモンド。
フランキー　ああ、もう、いちいちそのディーヤモンドって言うのやめろよ！
間。
カールはテーブルをノックしてチェックと意思表示。フランキー、ノック。マグズ、ノック。スティーブン、ノック。アッシュ、ノック、そして最後の一枚を開く。
アッシュ　スペードのエース。

＊　原文はOK, we'll come back to you. クイズ番組の司会を真似た言い回し。
＊＊　原文はI'm spelling it with an F for fuck – Fはfaggot（ホモ）のFでもある。さらにスティーブンがフランキーにけんかを売るような言い方をしたため、腹を立ててFuck youとも言いたいのであろう。

カール、ノック。フランキー、ノック。マグズィ、ノック。

スティーブン　一〇ポンドだ。

アッシュ　さらに三〇をレイズ。

カール　パス。

フランキー　パス。

マグズィ　パス、ここが男の正念場。

スティーブン　パス、コールできん。

マグズィ　堅物め。

スティーブン　いいや、マジで正念場さ、マグズ。見ろ（彼は自分のカードを見せる）、ボックスにキング二枚、共通カードにエースが二枚……コールなんかできるか。あんたの手はなんだ？

アッシュは自分のカードを見せる。

スティーブン　ハッタリをかけやがった。カール、この方にここから出ていっていただきなさい。

マグズィ　ハウスルールなんだよ、客人、駆け引きでハッタリはなし。

アッシュ　覚えておくよ。

スティーブン　カール、お前がディーラーだ。

カール　ファイブカードドローでいくよ。赤の3と黒の2がワイルドカード。

マグズィ　よし。

スティーブン　おいおい、頼むよカール、そんな馬鹿げたゲームを選ぶのはやめてくれ。

カール　ディーラーズ・チョイスだろ。

スティーブン　ドローゲームにワイルドカードなんて。ドローはちゃんとしたゲームなんだ。好き勝手にルールを変えちゃいかん。

カール　わかったよ、じゃあ、一晩中ホールデムやるよ。

スティーブン　いじけるなよ。

フランキー　もしお前がくだらないガキのゲームやるんなら、ばあちゃんとこで「ババ抜き*」でもやった方がましだよ。

スティーブン　フランキーの言うとおりだ。

カール　ディーラーズ・チョイスだろ。

マグズィ　スティーブンとフランキーが気に入ればの話ね。

フランキー　俺は次で降りるよ。

スティーブン　自分が今なにやったか考えろ。

カール　僕はまだなにもしちゃいないよ。

スティーブン　なに言ってんだ、一晩中くだらないゲームやってるじゃないか、頼むからワイルドカードなんかない厳粛なポーカーやれないのか。ションベンしてくる。話し合ってくれ。

＊　原文は rummy　簡単なトランプのゲーム。

スティーブンは出ていく。

マグズィ　フランキー、やろうよ。

フランキー　ワイルドカードなんか入れると、技術もなんもない、運だけだ。

マグズィ　だからやらないの？

フランキー　そうだ。

マグズィ　他に理由は？　どうなの？　あのさ、今パッて思ったんだけど、他に理由があるんじゃないかな、たとえばさ、自分が負けてるってことが今初めてわかってきたから、とか。

フランキー　なに言ってんだ、じゃあ、お前は勝ってるのか？

マグズィ　いやいや、勝ってないよ。でも、少なくとも、ぎりぎり残ってる、少なくともうまい負け方をしてる。

フランキー　だからお前は勝てないんだよ。だからお前はカモのマグなんだよ。

間。

アッシュ　なにしてる、カール。親父さんがいないうちに、ホールデムをワンラウンドやろうじゃないか。

カール　わかった、ホールデムだ。

カールは各プレーヤーに二枚のカードを裏にして配る。

マグズィ　で、親父さんには正確にはなんて言ったんだ、カール？　親父さん、ぜんぜん乗ってこないんだよ、お前がパパの機嫌をとるんじゃなかったのかよ。
カール　がんばったんだって、マグズ、ごめん。
フランキー　まず、一〇ポンドだ。
マグズィ　パス。
アッシュ　コール。
カール　俺はいいや。フロップ……
彼は三枚のカードを表にする。
アッシュ　コール。
フランキー　五〇だ。
カール　ハートの3、クラブのキング、ハートのジャック。
カールはもう一枚カードを表にする。
カール　ダイヤの10。
短い間。
マグズィ　ディーヤモンド。

フランキーは彼の方を見る。

フランキー　一〇〇だ。

アッシュ　コール。

カールは最後のカードを表にする。

カール　スペードの9。

短い間。

フランキー　四二五。これで全部だ。

アッシュ　コール。

間。

アッシュ　同額かけるよ。

間。

フランキー　なにもない。

アッシュ　3のペア。

アッシュはチップをかき集める。

フランキー　3のペア。ワンペアくらいでどうしてコールできるんだ？
アッシュ　気に入ったもので。
フランキー　マグズ、見たか？　こいつ3のワンペアで、四〇〇賭けやがった。
マグズィ　カードじゃなくて人に賭けたんだよーん。

短い間。

フランキー　なぜわかったんだ？
アッシュ　なにを？
フランキー　おれがハッタリ*をかけてたことさ。
アッシュ　そうじゃないかと思った。
フランキー　思ったって、そんなんで六〇〇ポンド以上の勝負をするわけ。
アッシュ　そうみたいだね。
フランキー　くそ。
カール　フランキー。
フランキー　くそ。なぜわかったんだよ。

短い間。

アッシュ　癖があるんだよ。
フランキー　俺に？　どんな？
アッシュ　ほら、その癖だ。

＊　一四九ページ参照。スティーブンが参加していないゲームなのでハッタリを使った。

フランキー　ふん、俺に癖なんてねえ、あんたはトウシロウみたく、みさかいなく賭けただけなんだよ。

短い間。

アッシュ　どんな癖か本当に知りたいかい？
フランキー　ああ。
アッシュ　本当に？
フランキー　本当だ。

短い間。

アッシュ　ハッタリかますとき、ビクビクするだろ。

沈黙。

アッシュ　誰がディーラー？
カール　フランキーが……
マグズィ　いくら勝ってる？
アッシュ　さあ、二〇〇〇ポンドくらいかな。
マグズィ　いいねえ。今そいつをちょっと投資してくれるとうれしいんだけどねえ、どう？
アッシュ　ああ。

マグズィ　なんていうか、マイルエンドの物件について話してるわけだけど……

フランキー　ありゃ物件じゃねえ、便所だ。

アッシュ　便所？

マグズィ　ものすごく広い公衆の手洗い所なんだ、マイルエンド通りのど真ん中*にある。三十年代の代物だ。アールデコだよ。

フランキー　とんでもねえ代物だ。

マグズィ　すばらしいレストランになるよ。

フランキー　くだらねえ。

アッシュ　そういう前例**は結構あるね。

マグズィ　本当かい？

アッシュ　もちろん。

フランキー　お前一体何者だ？

マグズィ　フランキー、俺は今ビジネスの最中なんだがな！（アッシュに）どんな伝令***かな？

アッシュ　（カールに）俺のビリヤード場ね、あれ前は便所だよ。

カ　ー　ル　今もじゃない。

マグズィ　一〇〇〇ポンドで俺のものなんだ。

アッシュ　安い。

マグズィ　だろ。うまくいくかな、こんな物件でさあ、フレンチとかイタリ

＊　「ど真ん中」の原文は smack bang in the middle　smack-dab in the middle「ど真ん中に」の変形。

＊＊　原文は precedents

＊＊＊　原文は presidents

アッシュ　アンとかにするつもりなんだけど、マイルエンドあたりでウケると思う？

アッシュ　もちろん、マイルエンドのあたりはそういったものを欲しがってるに決まってるさ。

フランキーは立ち上がり、テーブルを離れ、コートを着る。スティーブンが入ってくる。

マグズィ　来週見にきてくれないかな？

アッシュ　ああ、ぜひ。

マグズィ　すげえ、万歳、カールからあんたの電話番号聞いとくよ。ありがとう、本当にありがとう。明日電話するよ。

アッシュ　待ってるよ。

スティーブン　まことに申し訳ないが、重役会議をじゃましてしまったかな？

マグズィ　よけいなお世話。

スティーブン　誰がディーラーだ？　フランキー？　フランキー？

間。

フランキー　俺は外れるよ。

フランキーは出ていく。

マグズィ　よし、じゃ、俺がディーラーだ。やるぞ……リクエストはあるか？
スティーブン　ホールデム。
マグズィ　アッシュは？
アッシュ　オマハ。
マグズィ　じゃあ……ヴィジョンのある人種のゲーム……オマハ。

第四場

しばらくして。

アッシュ　コール。
マグズィ　6のスリーカード。
アッシュ　すまんな、兄さん、ストレートだ。
マグズィ　あー、そうかなあと思ったんだ。最後の一枚で揃ったのか？
アッシュ　ああ。

アッシュはチップをかき集める。

スティーブン　こんなところか、マグズ？
マグズィ　ああ、もうだめだ。
カール　運がなかったな、マグズ。
マグズィ　全くついてないな。

短い間。

マグズィ　一〇〇〇もつぎ込んじまったよ……畜生、一〇〇〇だよ。
スティーブン　マグズ、もう帰って、ゆっくり寝な。
マグズィ　ああ。ねえ、スティーブン、ちょっといいかい？　その……だね……今現金で四〇〇しかないんだ……それに小切手が使えるかどうか……
アッシュ　一服やってくる。
マグズィ　中断してごめんよ。
アッシュ　いいんだ。カールちょっと。

カールは立ち上がる。アッシュは出ていく。

マグズィ　すまん、カール、ちょっとな……
カール　いいんだよマグズ。

カールは出ていく。

マグズィ　めんぼくない、今日は勝って借金をと思ってたんだけど……
スティーブン　いいんだよマグズ。
マグズィ　よかったら、給料から引いてくれるかな？
スティーブン　ああ、構わないよ。
マグズィ　もっと残業するからさ、だから……
スティーブン　構わないって言っただろ。明日話そう。

短い間。

スティーブン　マグズィ、お前の言うレストランだけど、お前とカールはいくらあったら物件を確保できるんだ？

マグズィ　一〇〇〇ポンド。

短い間。

スティーブン　一〇〇〇ポンドか。確かか？

マグズィ　もちろん、確かだよ。そりゃ、馬鹿にされることぐらいわかってる……マイルエンドの便所なんてね、だけどうまくいくと思ったけどな、もしあんたが興味を……

スティーブン　どうしてもやりたいんだな？　簡単じゃないぞ、レストラン経営は。わかってるのか？

マグズィ　ああ、わかってる、その、つまりわかってないけどだね……

スティーブン　スウィーニーやフランキーみたいな奴らとやっていくんだぞ……フランキーだぞ、どうやってあいつとやっていく？

マグズィ　フランキーは雇わないと思うよ。

スティーブン　で、今度はアッシュみたいな奴をつかまえて投資させるってか？

マグズィ　アッシュははっきり言ったんだよ、見にくるって。

スティーブン　それだけで奴はお前のパートナーか？

マグズィ　いや、まずはあんたとやりたかったんだ。まだそう思ってる。
スティーブン　気をつけろよ、マグズ。俺は実業家だ、レストランの経営者だ、俺がお前のアイデアをいただいて、明日物件を押さえて、お前をクビにすることだってできる。
マグズィ　うん、でもあんたはそんなことしないよ。信じてる。
スティーブン　俺たちは今までと同じ仲間か？*
マグズィ　まあそんなとこだ。

カールとアッシュが入ってくる。

カール　大丈夫？
スティーブン　おお、こっちに来て話そうじゃないか、色々話があるはずだし。
カール　うん。マグズィ、あのさ……俺勝ってんだ……だから返すよ、借りてる五〇〇返そうかなと思って。ほら……（彼は五〇〇ポンド分のチップを積み上げる）借りててすまなかった。
マグズィ　いいのか？
カール　もちろんいいさ、借りてるんだから。
マグズィ　すまん、カール。
カール　いいんだよ。
スティーブン　他に借りてる奴はいなかったかな？
カール　あ、今言おうとしてたんだよ。お約束どおり一〇〇ポンド。あり

* 二五ページの注参照。

がとう、父さん。

彼はスティーブンにチップで一〇〇ポンド渡す。

スティーブン　放蕩息子が。
マグズィ　誰がディーラーだ？
スティーブン　なんだって？
マグズィ　誰がディーラーだ？
スティーブン　もうお開きだよ、マグズ、ゲームは終わったんだ。
マグズィ　なに言ってんだよ、俺はここに五〇〇ポンド持ってんだよ。
スティーブン　気でも違ったか？
マグズィ　いや、怖いのかなスティーブン？　俺の運が変わるのが怖いのかな？　なあ、やろうよ、三十分だけ、なあ……カール？
カール　俺は構わないけど。
マグズィ　アッシュは？
アッシュ　いいよ、お望みなら。
スティーブン　俺はやめとく。
マグズィ　なんでかな？
カール　やろうよ、父さん……
スティーブン　（マグズィに）どうしてお開きにできないんだ？
マグズィ　勝って金を取り戻したいんだ。

スティーブン　違うね、原因はお前自身だよ、お前がやめられないからだ、お前が負けてうれしがる奴だからだよ。
マグズィ　バカな、俺が負けたがってるなんて。配れ、カール。
スティーブン　そうさ、負けたがってる、ほとんど中毒だ。自分を痛い目にあわせて、それがやめられない。
マグズィ　配れよ、カール。
スティーブン　マグズィ、俺はお前を守ろうとしてるんだぞ。
マグズィ　なにから？
スティーブン　なんだと思う？
マグズィ　わからない、なに？
スティーブン　お前自身からさ。
マグズィ　自分を自分から守ってもらう必要なんてないよ、俺は自分の一番の友達なんだから。いつも自分の味方さ。
スティーブン　俺は、いつもお前の味方だよ。
マグズィ　うそだ、あんたは自分がかわいいし、客人も自分がかわいい、カールも自分がかわいい、俺も自分がかわいい。さっさと配れ。誰でもいい。頼むよ。
カ　ー　ル　ホールデム。
スティーブン　お前、どうかしてるよ。
マグズィ　はいはい。

カール　ホールデム、父さんのためにやろう。

カールは各プレーヤーに二枚のカードを裏にして配る。

スティーブン　俺はしない。
マグズィ　三十分、三十分だけ。
スティーブン　奴を見てみろ、まるで新種のヤク打ったジャンキーだ。いや、まるでじゃない、実際そうだ。
マグズィ　一〇ポンド。スティーブン。
スティーブン　できない。
マグズィ　賭けろよ。
スティーブン　できない。
マグズィ　賭けろよ。
スティーブン　できない。
マグズィ　賭けろって。
スティーブン　できない。
マグズィ　賭けるか降りるか。賭けるか降りるか、スティーブン。

短い間。

スティーブン　コール。
マグズィ　いい子だ。

アッシュ　コール。
マグズィ　いい子だ。
カール　ゲーム成立。
マグズィ　みんな射程内にとらえたぞ、諸君、格言集にこんなのがあるの知ってるだろう。「はや勝ちは、大出血のもと」。フロップしろ。

カールがフロップする。

マグズィ　ディーヤモンド。
スティーブン　また始まった。
マグズィ　チェック。
スティーブン　四〇だ。
アッシュ　パス。
カール　だめだ。
マグズィ　了解。コール四〇、さらに一二〇レイズだ。
スティーブン　いい手なのか、マグズィ？
マグズィ　カシューとアーモンドだよ、ナッツ*とも言うが。
スティーブン　コールしよう。
マグズィ　こうして、彼はポーカーの墓場へと足を踏み入れるのである。
カール　クラブの2。

* ナッツ（nuts）は「与えられた状況での最強の手」のこと。木の実のナッツとの掛詞。

短い間。

スティーブン　マグズィさんには棺おけ用意しますか？

マグズィ　チェック。

スティーブン　こりゃ、かなりのナッツだな、だろ？　いくら持ってるんだ？

マグズィ　三三〇だ。

スティーブン　そりゃ、ちょっとした勝負だな。

マグズィ　信じられねえ。フロップ*で出た一番上のカードでスリーカード、でも**フラッシュが出るかもしれない。

スティーブン　こうしようか、お前のそのネクタイも出せよ、そうしたら全部で三五〇ポッキリにしてやる。

マグズィ　このネクタイは三〇ポンドするんだけど。

スティーブン　わかった、じゃあ三六〇だ。どうだ、マグズ、金を賭けろよ。すっちまえ、そして家に帰れ。

マグズィ　（ネクタイをはずして）くそお、コールだ。どうだ、カード見せて、スティーブン、ほらクイーンのスリーカードだ、あんたのはなんだ？

スティーブン　見せないよ、お前を苦しめてやる。

マグズィ　なに言ってんだ、スティーブン、カードを見せてよ。

スティーブン　だめだ、マグズィ、お前には薬が必要だ。

＊　フロップ（共通の三枚のカード）の一番いいカードと自分の持ちカード（二枚）とでスリーカードができている状態。

＊＊　マグズィはスリーカードの段階で強気に出たが、さらによい手が相手にできそうだと心配する。

カール　父さん……
スティーブン　配れ、カール。
マグズィ　待て、カードを見せろ。
カール　父さん、ハウスルールだよ。
スティーブン　いいから配れ。
マグズィ　見せろ。
スティーブン　配れったら。
マグズィ　なんの手を持ってるのか教えてくれ。
スティーブン　配るカードはもう一枚ある。
カール　フラッシュだよきっと。
マグズィ　ああ、そうだきっと。
スティーブン　配れ、カール。
マグズィ　そうか、表のカードでペアができりゃいいんだ、ペアよ来い、来い。

マグズィは祈り始める。カールは最後の一枚を表にして配る。

カール　ハートの6。
マグズィ　くそおおおおお。

彼は床に膝から落ちる。

スティーブン　（自分のカードをテーブルに放り出して）お前の勝ちだ、マグズ。

マグズィ　よっしゃあ！　よし。マグ様復活。奇跡だ。スティーブン、なにを持ってたんだ？

スティーブン　4のスリーカード。

マグズィ　4のスリーカードだって、そんな最低のスリーカードでレイズしたわけ？　そりゃあ負けるよ、大丈夫か、あんた気は確か？

彼はチップをかき集める。

マグズィ　アッシュ、いつも俺が言ってることなんだがね、ポーカーはスタミナだよ。死んでも死んだなんて言わないことだ。現に俺もなんだそのお、*灰から蘇るドードー鳥のごとし。マグズィは復活したんだ。キリストさんは三日かかったが、マグズィ様は一手で復活ときたもんだ。4のスリーカードで張り合って、それもフロップしないうちに……そりゃ、負けるぜ、ダンナ。

スティーブン　ああ、言うとおりだな、マグズ。

マグズィ　あんたペースが乱れてるな、俺は順調だ。カモのマグはツイてるぞ。誰がディーラーだ？

カール　あんただよ。

マグズィ　そうだったな。クソしてくる。ちょっとかかるかもな。戻ってきたら、**ボクちゃんたちからたんまりと巻き上げてやるからな。す

＊　灰から蘇るのはフェニックスだが、「ドードー鳥」という言い間違いが、コミカルな笑いを誘う。ドードー鳥(dodo)は絶滅した大型の鳥。

＊＊　「ボクちゃんたちからたんまりと巻き上げてやる」の原文は take boys so deeply to the cleaners　take … to the cleaners（…から金を巻き上げる）より。

っからかんにしてやっから、財布もいらなくなるぜ。

マグズィは出ていくが、すぐにまた戻り、鼻をクンクンとさせる。

スティーブン　どうかしたか？

マグズィ　いや、ただちょっと臭うんだ……

スティーブン　なんの？

マグズィ　怖がってる奴の臭いだ、ダンナ、怖いんだろう。

マグズィは出ていく。

アッシュ　待ってる間、オマハでもやるか、カール？

カールは各プレーヤーに四枚のカードを配り始める。

スティーブン　ああ、いいね。おたくいくら勝ってる？

アッシュ　三〇〇〇くらい。

スティーブン　三か。微妙な数だな。三〇〇〇で満足かい？

アッシュ　多いに越したことはない。

彼らは自分のカードを見つめる。アッシュの携帯電話が鳴り始める。

スティーブン　あんたのじゃないかな？

アッシュは立ち上がる。

スティーブン　我々は気にしないでいいよ。

アッシュは携帯電話を持って出ていく。

スティーブン　いい奴だな、そう思わないか？　奴をレギュラーメンバーにでもするか？　どうだ？

カール　父さんがやったことはお見通しだよ。今の勝負、マグズィが「勝った」……わざと負けたね。父さんは4のスリーカードなんかじゃなかった。

スティーブン　いや、そうだったよ。

カール　僕が4のスリーカードをパスしたもの。父さんわざと負けたね。どうして？

スティーブン　それは……

カール　それは、マグズィをかわいそうに思ったからなの？　だとしたら誠実なゲームじゃないよ……

スティーブン　誠実？　そんなこと言えるガラか、カール。

カール　マグズィに親切にしたつもり？

スティーブン　そのつもりだが。喜ばせただろう。

カール　このことをマグズィが知ったら？

スティーブン　まあ、気づきゃしないだろ？
カール　父さんは一〇〇〇ポンド、ポンってあげたんだよ。
スティーブン　奴には要るんだよ。
カール　さっき、実の息子には一〇〇ポンド貸すだけでボロクソだった。
スティーブン　一〇〇ポンド以上の内容は話したつもりなんだがな、カール……
カール　でも、たった一〇〇ポンドでボロクソだった。
スティーブン　で？
カール　どう考えたらいいわけ？
スティーブン　どう考える？
カール　つまり……なんで奴なんだよ。息子の僕になにか恨みでもあるの？
スティーブン　カール……違うよ……そんなんじゃない。お前、本当にそんな……わからないのか？　マグズィには力がないんだ……お前は違う、なぜそれがわからない？　才能があるんだ。マグズィとは次元が違うんだ……俺の息子なんだから。

アッシュが入ってくる。

アッシュ　行かなきゃ。すぐに。急な用でね。
スティーブン　誰かトラブってるとか？

間。

アッシュ　キャッシュにしてくれ。
スティーブン　まだゲームの途中だが。
アッシュ　すまんが、言いたくはないが……あんたの息子な……
スティーブン　おじけづいたかな？　なあそう言わず……頼むよ。*
カール　アッシュ、お願いだ。

短い間。

アッシュ　わかった、これが最後だ。リミットなしでもいいかな？
スティーブン　もちろん、おたくさえよければね。
アッシュ　ありがたい。
スティーブン　資本主義の必然的衰退に関するマルクスの理論についてどうお考えかな？
アッシュ　うそっぽいね。我々を見てみなよ。
カール　オマハ。
スティーブン　功利主義はどうかね？
アッシュ　だめだね。オマハだな。
スティーブン　どれくらい勝ってるって言ったかな？
アッシュ　約三〇〇〇。

＊　原文は be a sport「(難しい状況で) 気前よくなれ、陽気になれ」の意味。

スティーブン　それで足りるのか、カール？
カール　父さん、説明させて、もともとの金は……
スティーブン　一〇ポンドで。
カール　もともとは……
スティーブン　一〇です、どうします、お客人？
アッシュ　一〇でコール。
カール　パス。

彼はフロップする。

スティーブン　コール。
アッシュ　五〇だ。
スティーブン　チェック。
カール　キング……ジャック……ジャック……

カールは次のカードを表にして配る。

カール　クラブの7。
スティーブン　チェック。
アッシュ　一〇〇だ。
スティーブン　(カールに) 俺を馬鹿だと思ってんのか？
カール　いいえ。

スティーブン　コール。

カールは最後の一枚を表にする。

カール　ハートのエース。
スティーブン　チェック。この人にいくら借りてる？
カール　なんのことかな？
スティーブン　俺たちが親子ってことを、かけらほどでもいいから尊重してくれないか。
カール　借りなんて一銭もないよ。
スティーブン　うそをつくんじゃない、カール！

短い間。

スティーブン　賭けますか？
アッシュ　ああ、賭けましょう。五〇〇。
スティーブン　レイズだ。おたくの五〇〇、さらにレイズ。全部で一二六〇だ。

短い間。

スティーブン　先生？

短い間。

スティーブン　一二六〇だ。

短い間。

スティーブン　よーく考えるんだな。
アッシュ　黙っててくれ。
スティーブン　どうする?

短い間。

スティーブン　キングのフルハウスだ。
アッシュ　コール。ジャックのフルハウス。

間。

スティーブン　アイタタター!

彼はチップをかき集める。

スティーブン　*チップス先生さようならっと。

マグズィが入ってくる。

マグズィ　仲間に入れてくれ。
スティーブン　すまんな、マグズ、今日はお開きだ。

＊　かき集めたチップ、ジェイムズ・ヒルトン作『チップス先生さようなら』(一九三四年)のタイトル、アッシュが「先生」を装っていること、すべてを掛けている。

マグズィ　ああ、だけど……
スティーブン　ゲームオーバーなんだ、マグズィ、みんなクタクタなんだよ。

マグズィはコッコッコとニワトリのように鳴く。

スティーブン　はいはい。
マグズィ　スティーブン？
スティーブン　マグズィ。

間。

マグズィ　わかったよ、この状況に耐えられないんなら、かんべんしてやるよ。でも、次は容赦しないぜ。
カール　さすが、ポーカーの天才。
スティーブン　で、今日は勝ってるのか、マグズィ？
マグズィ　待ってくれ、数えてみよう……うーん勝ってるかな……はいはいはいはい……勝ってますよ……七ポンド。いやあ、七〇〇万くらい勝った気分なんだけど。スティーブン、このゲーム覚えておいた方がいいぜ。負けて苦しまないと、あんた伸びないからね。だろ、アッシュ？　アッシュ？
スティーブン　お前のいうとおりだ、勝った分で帰りにタクシー使えるしな。
マグズィ　リムジンを使うぜ、ダンナ、飛行機チャーターして帰ろうかな。

スティーブン　あは、冗談だよ、自転車にしとく。いくら勝ったんだ、スティーブン？

マグズィ　どうだろうな。だが勝ってると思うよ。

カール　な、この人負け知らずだもん。カールは？

マグズィ　さあね。

アッシュは？　おーい、アッシュ坊やは？　いくら勝ってるんだ？

間。

スティーブン　アッシュさんはたった今、大金をすっちまったんだ。

マグズィ　そうか、気の毒にな。でも、結構勝ってるんだろ、な？　それにしてもこの結果、わかるこの意味？　また一週間あのキッチンでいじめに耐える必要がもうないんだ。勝者らしく、フランキーやスウィーニーにいばってやるかな。

カール　七ポンドの勝者ね。

マグズィ　カール、勝った額の問題ではないのだよ、この若輩者が。これは勝者と敗者があるという問題で、我々が勝者だというのが重要なんだ。ああ、アッシュ坊や、明日電話するから、レストランのことで。実はいい考えが浮かんでさ、あの便所のことでね、手を加えてオリエンタルな感じにしてさ、そうだな、こんなふうに呼んだらどうだろう……

アッシュ　うるせえな、うせろ。

間。

スティーブン　マグズィ、帰るんだ。

マグズィ　そうだな、おやすみ、みなの衆。

彼は腕時計を見る。

マグズィ　というより、おはよう、か。

カ　ー　ル　マグズィ……さっきあんたが勝ったあれね……

短い間。

マグズィ　なに？

カールはスティーブンを見る。

カ　ー　ル　ほら、あんたの勝ち分だ。

彼はマグズィに七ポンドを渡す。

マグズィ　イエーイ、サンキュー。

スティーブン　いいゲームだったな、マグズィ。

マグズィ　最後は格がものを言うんだ、スティーブン。じゃあな。

マグズィは出ていく。

スティーブン　向こうへ行ってコーヒーを入れてくれ、カール。
カ　ー　ル　父さん、すまない……
アッシュ　いいから親父さんの言うことをやってこい、カール。
スティーブン　ブラックで、砂糖はいらん。

カールは出ていく。

短い間。

アッシュ　見事だったな。
スティーブン　それはどうも。子供は？
アッシュ　いない。
スティーブン　飲むかい？
アッシュ　いや。
スティーブン　そう言わないで。
アッシュ　やめたんだ。

短い間。

スティーブン　で……

アッシュ　あんたの息子は俺から四〇〇〇借りている。
スティーブン　へー、四〇〇〇か。またどうして？
アッシュ　ギャンブルの借金だ。
スティーブン　いつの？
アッシュ　この一年分。主にポーカーだが、ルーレットでも、ブラックジャックでも、なんでもだ。
スティーブン　どこで会った？
アッシュ　カジノで。
スティーブン　なぜ？
アッシュ　なぜとは？
スティーブン　なぜ貸したんだ？
アッシュ　気に入ったのさ、自分を見てるようで、馬鹿な話だ。
スティーブン　で、カールもあんたを気に入った……
アッシュ　なあ、俺はあんたの息子の話をしにここにいるんじゃないんだ、俺には、今じゃどうでもいいことだ。それなりの価値もあったんだがな。
スティーブン　ギャンブル中毒の連れってことでか？
アッシュ　俺は、中毒なんかじゃねえ、生活のためにやってるんだ。
スティーブン　やっぱり、中毒に聞こえるがな。
アッシュ　いや、違う。あんたこそ中毒だ。

スティーブン　なに？
アッシュ　そうさ、だがそんなことどうでもいい。要するにだな、俺は四〇〇〇貸してるんだ、だから今それをいただけるとありがたいってことだ。
スティーブン　そりゃあ、ありがたいだろうな。
アッシュ　さあ、支払ってくれ。
スティーブン　そりゃまたなぜだ？　俺の息子があんたに借りてるんだろう？息子から回収してくれ。
アッシュ　奴には金がない。さあ、借金なんだから払え、俺にも返さなきゃならん相手がいるんだ。
スティーブン　俺がギャンブル中毒ってのはどういう意味だ？
アッシュ　実際そうじゃないか。

短い間。

アッシュ　あんたは息子とおんなじだ。刺激が欲しくてやってる。
スティーブン　あんたはどうなんだ？
アッシュ　俺は金が欲しくてやってる。
スティーブン　あんたは生活のためにギャンブルをする、なら、あんたには金があるはずだ。
アッシュ　ちんけなワンルーム暮らしだよ。

スティーブン　（同情を装って）あああ。

アッシュは近づく。

アッシュ　金を出せ。
スティーブン　近寄るな。
アッシュ　（近寄って）恐いか？　興奮してるのか？　それとも燃えてるのか？

短い間。

スティーブン　くそ。

短い間。

アッシュはスティーブンをたたくかのように片腕をあげる。スティーブンはたじろぐ。

アッシュ　あのな、それコインで決めてやるよ。
スティーブン　なに？
アッシュ　それコインで決めてやるよ、ほら、全額だ、四〇〇〇、コインで決めてやるよ。
スティーブン　どうかしてるぜ。
アッシュ　やろうぜ。やりたいくせに。

スティーブン　まっぴらごめんだね。
アッシュ　あんたはやりたいね。一秒で借金が返せるんだ。ここはひとつヒーローになろうじゃないか。ちっとは……一生に一度くらいな。ほらやろうぜ。
スティーブン　だめだね。
アッシュ　言えよ。
スティーブン　だめだね。
アッシュ　裏か表か。
スティーブン　だめだね。
アッシュ　言えよ。
スティーブン　だめだね。
アッシュ　言えよ。
スティーブン　いやだ。
アッシュ　言え。
スティーブン　いやだ。
アッシュ　言え。
スティーブン　いやだ。
アッシュ　言え。
スティーブン　いやだ。
アッシュ　言え。

スティーブン　いやだ。
アッシュ　言え。
スティーブン　いやだ。
アッシュ　言いやがれ、この臆病者。
スティーブン　表。

アッシュはコインをトスし、それをキャッチする。そして、そのコインを握り締める。二人はそのこぶしを見つめる。五秒。アッシュはコインを見せずに、それをポケットにしまう。

アッシュ　四〇〇〇ポンドをコインで決めるなんてな。

間。

スティーブン　持ってけ。

アッシュはチップボックスの方へ行き、現金を手早く数える。

スティーブン　なぜこうなるとわかった？
アッシュ　俺の専門だからな。

彼はスティーブンの方へ現金の束を差し出す。

アッシュ　四〇〇〇だ、数えるかい？

スティーブン　いや……信用するよ。
アッシュ　よし。じゃあな、楽しかったよ。
スティーブン　これからどこへ行くんだ？
アッシュ　もう一カ所ゲームやってるんだ。
スティーブン　朝だぜ。
アッシュ　そうだな、急がなきゃ。
スティーブン　そのもう一カ所のゲームな、それってあんたが金を借りてるところか？
アッシュ　ああ。
スティーブン　あんたカモじゃないのか？

間。

アッシュ　わからん。

間。

アッシュ　なあ……すまんことしたな。カールだが。
スティーブン　いいんだ。
アッシュ　エースと同じだな、子供って、そうだろ。手に入れたら後生大事にしたくなる、パスなんてできない……*
スティーブン　ごもっとも……いつかは手放さなきゃならないがな。

＊　一〇六ページ、マグズィのせりふ「エースを持ってるのにパスなんてできるもんか」参照。

カールが入ってくる。アッシュは彼を見る。アッシュは出ていく。カールはコーヒーをテーブルの上に置く。

カ ー ル　はい、コーヒー。

スティーブン　ありがとう。な、お前はいいウエイターになる。

カ ー ル　ははは。ねえ、雷落とすつもりならさあ、一気にどかんと落としてくれない、お願いだから……

スティーブン　そんなふうに考えているのか？　雷だなんて。俺はお前の先生じゃないんだよ。

沈黙。彼はチップボックスの中を見る。

スティーブン　見ろ、金が全部消えた。強奪された。一体どこへ行っちまったんだろうな？

カ ー ル　ふん、どうせアッシュにあげちゃったんだろ。

短い間。

スティーブン　そうだ。それ以外になにかできたか？

カ ー ル　できたさ。いやだって言えただろう。僕をかばうことはなかったんだ。いつもがいつも僕を助ける必要はないんだ。

スティーブン　俺はお前の親父だぞ。

カール　だからなにさ？
スティーブン　だから……すべてなんだ。
短い間。
カール　どうして僕に失敗ってやつをさせてくれないんだ？
スティーブン　させてるさ、それにお前はよくやってる。
カール　自分の思惑どおりなら、失敗したって全然問題はないってことでしょう。
スティーブン　お前の母親は問題ありだったぞ。
カール　父さんはどうしてそうなのかなあ？
スティーブン　そうなのかなあって、俺は俺だ。これが俺なんだ。
間。
スティーブン　カール、お前にはあんなふうに終わって欲しくないんだよ……アッシュみたいに。あいつが幸せだとお前は思うか？
カール　ほっといてくれ。
スティーブン　ほっとけないさ。
カール　一人でやれるから。
スティーブン　お前はバカなことしかできないさ。カール、お前は人生の無駄な部分しか知らない。気分悪くしないでくれよ。俺はただ客観的に見ているだけだ。

短い間。

スティーブン　お前は丸一年、ずっと俺にうそをついていた。
カール　ごめんなさい。
スティーブン　お前は毎週日曜の夜にここに来た。「やあ、父さん」「おやすみ、父さん」って言ってな。そしてその足でカジノへ直行して、もう一人の親父と数千ポンドのギャンブルをやっていたんだ。
カール　妬いてるのかな……

間。

スティーブン　後生だ、付き合うのはマグズィどまりにしてくれんか？　ある意味、あいつは誠実だ。あいつはどうしようもなく愚かだ、それに自分の無力さを認識できる力も全くない、それでも、あの男は狂人一歩手前で生きてるだろ。
カール　なにがだ。マグズィなら操れるって言いたいだけだろ。くそっ。
スティーブン　窮鼠猫を噛むってか……
カール　やめられないんだろ。なんだよ、このしみったれたゲームは。所詮お山の大将じゃないか。僕は本物の奴らと本物の金賭けてやってきたんだぞ。アッシュなんか、一晩で全財産すっちまったこともある。

スティーブン　ポーカーというのは、勝たなきゃ意味ない。

短い間。

カール　父さんはわかってない。

スティーブン　わかってるさ。

カールは出口へ行き、振り返る。

間。

カール　来週も同じ時間だね？

スティーブンは彼を見る。長い沈黙。

カール　おやすみ。

カールは出ていく。

間。

スティーブンは机につき、コンピュータのスイッチを入れる。モニターが明るくなり、グラフやチャートが映し出される。彼は、モニターをじっと見つめる。

ゆっくりとフェイド・アウト。

訳者あとがき

『ディーラーズ・チョイス』*Dealer's Choice* の作者パトリック・マーバー Patrick Marber は一九六四年、ロンドンに生まれた。オックスフォード大学ワーダム・コレッジに学び、スタンダップ・コメディアンとしての下積みの後、コメディの放送作家兼出演者としてテレビ・ラジオ界で活躍した。放送界である程度の成功を収めていたマーバーがそのキャリアを捨て、演劇の世界に身を投じた第一作が、この『ディーラーズ・チョイス』である。

本作は、一九九三年十一月から一九九四年十二月にかけて、まず英国国立劇場 Royal National Theatre のスタジオでリーディングと試演によるセッションを繰り返し、戯曲としてのかたちをなしていったという。マーバーの劇作家としての才能を発掘したのは国立劇場の演出家リチャード・エア Richard Eyre であった。

一九九五年二月、『ディーラーズ・チョイス』は国立劇場小劇場 Cottesloe において初演された。マーバー自身が演出し、キャストにはセッションの段階から参加していた俳優三名も加わった。その後商業演劇の中心地ロンドン・ウエストエンドに進出、さらにメルボルン、ニューヨーク、ロサンゼルス、ベルリン、シカゴ、ウィーン、チューリヒなど、世界中の都市で上演されることとなった。本作は一九九五年度の作家協会最優秀ウエスト・エンド・プレイ賞、イヴニング・スタンダード年間最優秀コメディ賞に輝いている。

さて、続く舞台第二作が『クローサー』*Closer*（一九九七年）である。この男女四人による悲喜劇は、『ディーラーズ・チョイス』を上回る世界的な大ヒットとなり、その年の演劇賞を独占した。また、二〇〇四年にはマーバー本人の脚本によるマイク・ニコルス監督、ナタリー・ポートマン、ジュリア・ロバーツら出演の映画版が公開されたことも記憶に新しい（日本公開は二〇〇五年）。

第三作『ハワード・キャッツ』*Howard Katz*（二〇〇一年）は、前二作ほど興行的に成功しなかったが、前二作に見られたエンタテインメント性をそぎ落とし、より強力なキャラクターと内省的世界の創造に成功している。

『ディーラーズ・チョイス』、『クローサー』、『ハワード・キャッツ』は、現代ロンドンを舞台とした三部作 trilogy をなすと言われる。

マーバーの作品は、英国の近現代劇には珍しくゆるやかな戯曲構造を持つ。『クローサー』や『ハワード・キャッツ』のように、場面転換が頻繁で、劇中に流れる時間が比較的長い作品はまれであろう。

『ディーラーズ・チョイス』はこの二作に比べると、一晩の出来事を描いていて、場面もイタリアン・レストランと階下の一室の二場面に限られ、一見古典主義的な構造を持っているように見える。しかし、六人の男たちの目まぐるしい出入りとポーカーをめぐる複雑な人間関係からなる筋（プロット）は、劇作法の約束事から限りなく自由である。彼らの愛情とも友情ともつかぬ人間関係は、ポーカーというゲームによってのみ繋がっており（それはスティーブンとカールの親子関係においてさえ同様であろう)、『クローサー』や『ハワード・キャッツ』に見える現代社会の諸問題は、ほとんど表面に現れてこない。その徹底的にドライな視線が、むしろ現代社会全体を比喩的に表しているといえるのかもしれない。

『ディーラーズ・チョイス』はマーバーの作品中、スタンダップの手法が最もよく投影された作品であろう。

私たちはすでに『クローサー』と『ハワード・キャッツ』を海鳥社から出版した。本来ならば『ディーラーズ・チョイス』を最初に翻訳するのが順序であったろう。しかし翻訳作業には時間を要した。ポーカーの専門用語が頻出するという理由からだけではない。この作品の構造と複雑な人間関係ゆえである。

翻訳に際しては *Dealer's Choice*, Patrick Marber, Faber and Faber (ISBN:0-413-71490-X) を底本とした。なお二〇〇四年には、『ディーラーズ・チョイス』、『クローサー』と、これにストリンドベリの『令嬢ジュリー』に拠るテレビドラマ *After Miss Julie* (後に舞台で上演された) を加えた戯曲集 *Patrick Marber Plays:1* (ISBN:0-413-77427-9) も英国で刊行されている。

なお、『クローサー』と『ハワード・キャッツ』同様、本作も福岡での上演を予定している。翻訳も当然上演時のせりふを想定して行った。演劇は読むものではなく、上演して初めて完成するものだからである。

本書は福岡女学院大学特別研究助成を受けて出版するものである。装幀は今回も福岡女学院大学清川直人教授にお願いした。また、元気日本語文化学校理事長 Evan Kirby 氏には原文についてご示唆をいただいた。ご好意に感謝したい。
最後に、本書の出版にご尽力くださった海鳥社の杉本雅子・田島卓両氏に厚く御礼申しあげたい。

二〇〇六年四月

上田　修
道行千枝
岩井眞實

訳者略歴

上田 修（うえだ・おさむ）
大分県生まれ。熊本大学大学院文学研究科修士課程（英語学専攻）修了。現在，福岡女学院大学教授。専攻はStylistics（英語文体論）・Mark Twain他。
主要業績："The Language of Mark Twain's *The Diary of Adam and Eve*"（1988, Studies in English Language and Literature—A Miscellany in Honor of Dr. Bunshichi Miyachi），"The Language of Mark Twain's *The Adventures of Huckleberry Finn*—With Special Reference to Time Expression—"（1993, Kumamoto Studies in English Language and Literature No.36），『クローサー』（海鳥社，2002），『ハワード・キャッツ』（海鳥社，2003）

道行 千枝（みちゆき・ちえ）
福岡県生まれ。九州大学大学院博士後期課程（英語・英文学専攻）中退。現在，福岡女学院大学人文学部講師。専攻はイギリス文学。
主要業績：「*Titus Andronicus*の森」（『福岡女学院短期大学部紀要』第38号，2002），「『モリソン旅行記』訳（Fynes Moryson, *An Itinerary*）」（『福岡女学院短期大学部紀要』第37号，2001），『ハワード・キャッツ』（海鳥社，2003）

岩井 眞實（いわい・まさみ）
奈良県生まれ。早稲田大学大学院文学研究科博士課程（芸術学・演劇）修了。現在，福岡女学院大学教授。専攻は演劇学。
主要業績：『江戸板狂言本　三』（共編，古典文庫，1991），『上方狂言本　九』（共編，古典文庫，1996），「身体への視点」（岩波講座　歌舞伎・文楽『歌舞伎の身体論』岩波書店，1998），「ものがたり　博多演劇史」（『博多座開場記念誌』博多座，1999），「元禄演劇の技法」（『元禄文学を学ぶ人のために』世界思想社，2001），「演劇と時間」（『時間と時』日本学会事務センター／学会出版センター，2002），『クローサー』（海鳥社，2002），『ハワード・キャッツ』（海鳥社，2003）

ディーラーズ・チョイス

■

2006年５月10日　第１刷発行

■

著者　パトリック・マーバー

訳者　上田修　道行千枝　岩井眞實

発行者　西俊明

発行所　有限会社海鳥社

〒810-0074 福岡市中央区大手門３丁目６番13号

電話092(771)0132　FAX092(771)2546

http://www.kaichosha-f.co.jp

印刷・製本　大村印刷株式会社

ISBN 4-87415-578-2

[定価は表紙カバーに表示]